작곡가
최현일

작곡가 최현일 3

Dr.Dre 장편소설

초판 1쇄 찍은 날 § 2017년 1월 4일
초판 1쇄 펴낸 날 § 2017년 1월 11일

지은이 § Dr.Dre
펴낸이 § 서경석

편집책임 § 김슬기

펴낸곳 § 도서출판 청어람
등록번호 § 제387-1999-000006호
등록일자 § 1999. 5. 31
어람번호 § 제1-2599호

주소 § 경기도 부천시 부일로 483번길 40 서경B/D 3F (우) 14640
전화 § 032-656-4452 팩스 § 032-656-4453
http://www.chungeoram.com
E-mail § chungeorambook@daum.net

ⓒ Dr.Dre, 2016

ISBN 979-11-04-91123-1 04810
ISBN 979-11-04-91056-2 (세트)

작곡가 최현일

FUSION FANTASTIC STORY

Dr.Dre 장편소설

③

도서출판 책람

작곡가
최현일

CONTENTS

Chapter 1
통제하에 있다

―작곡가님, 지금 인터넷 보고 있어요?

다분히 들뜬 기색이 역력한 김성아의 목소리였다.

"아니, 왜?"

―지금 검사 박정훈 OST가 네버 실시간 검색어 1위예요!

현일은 바로 노트북을 열어 인터넷에 접속했다.

대한민국 인터넷 사용자 90% 이상이 홈페이지로 애용하는 국내 최대의 인기 포털 사이트인 네버.

1. 검사 박정훈 OST

2. 박정훈 OST 제목

3. 박제호

4. 검사…

5. 국회의원 보궐선거

6. ……

그런 사이트에서 실시간 인기 검색어 1위를 차지하고 있는 것이다.

그것도 드라마 OST가 말이다.

어느 한 국회의원이 비리로 잘려 나간 사건이 있었는데, 때문에 요새 언론은 한창 시끄러운 판국이었다.

그런데 1분 남짓 송출된 드라마 OST 하나 때문에 1위이던 '국회의원 보궐선거'라는 검색어가 무려 5위로 밀려 나간 것이다.

현일은 그런 작금의 실태에 기분 좋은 웃음이 나왔다.

지금 이 순간만큼은 그 OST가 국민들에게는 국회의원보다 더 영향력이 있다는 것이다.

다만 안타깝게도 사람들이 애타게 찾아대는 OST는 아직 제목이 없었다.

에픽 등급의 OST 외에 다른 OST도 모두 'Sound Track 01'의 형태로 제목을 지정해 놓고 음원 판매가 시작되면 공식적으로 제목을 붙일 예정이기 때문이다.

"고작 그거 가르쳐 주려고 전화했어?"

전화기 너머로 김성아가 소리쳤다.

—고작 그거라뇨? 네버 실검 1위가 얼마나 대단한 건데요!

음원 차트 1위에 빛나는 곡이라고 해서 네버 실검 순위권에 올라가진 않는다.

예를 들어 3단 고음과 같은 특별한 무언가를 어필하지 않는 한은 말이다.

즉 지금 실검에 올라간 OST는 드라마를 연출하는 하나의 부분으로 시청자에게 깊은 인상을 남겼다는 뜻이다.

"너도 1위 많이 해봤을 거 아냐?"

역대 미스코리아 진, 선, 미들도 울고 갈 미모의 소유자이면서 톱스타인 김성아는 그녀의 모든 행동 하나하나가 국민들의 관심사이며 기자들의 좋은 소재거리였다.

—그러니까 더 잘 아는 거죠!

"잘되긴 했지. 앞으로 OST 작곡 의뢰 많이 들어오겠네."

—그렇죠? 정말 잘됐어요! 마침 작곡가님을 뵙고 싶다는 사람이 여럿 있어요.

"그래? 누군데?"

—만나서 말씀드릴게요. 같이 식사라도 하면서 얘기 나눠요.

자연스럽게 약속을 잡는 김성아였다.

"좋아. 뭐, 다른 할 말은 없고?"

현일의 물음에 김성아는 입을 뗄 수가 없었다.

그저 현일의 목소리가 듣고 싶어서 전화했을 뿐인데 무슨 할 말이 있을까.

잠시 동안 침묵이 흘렀다.

먼저 정적을 깬 것은 김성아였다.

—아, 죄송해요. 전화가 와서……

평소라면 가볍게 무시했을 그녀이지만, 화면에 보이는 번호를 보고 침을 꿀꺽 삼킬 수밖에 없었다.

며칠 후, 어느 고급스러운 호텔.

"절 부른 이유가 뭐예요?"

김성아는 자신의 앞에 선 남자를 바라보며 말했다.

고급스러운 정장에 보는 이로 하여금 지적인 이미지를 돋보이게 하는 안경, 새치가 희끗희끗 돋아난 50대쯤 되어 보이는 깔끔한 인상의 중년 남성은 딱 봐도 범상치 않은 신분의 인물임이 분명했다.

김성아를 전화 한 통에 불러낼 수 있다는 사실만으로도 그렇다.

남자가 헛기침을 한 뒤 입을 열었다.

"일단 서 있지 말고 안에 들어가서 얘기하자."

"싫어요!"

"성아야!"

남자가 버럭 소리를 지르며 김성아의 팔을 붙잡았다.

그녀가 남자의 팔을 뿌리치며 외쳤다.

"그렇게 친근한 듯이 부르지 마세요!"

몇 번의 공방이 오가자 화가 난 김성아는 남자의 뺨을 치려고 했으나, 누군가의 손이 그녀를 제지했다.

남자의 경호원이다.

도저히 안 되겠다 싶은 남자는 강수를 두기로 했다.

"감당할 수 있겠느냐? 너의 비밀을?"

"……"

김성아는 남자의 물음에 말문이 막혀 입을 다물었다.

그 비밀이 세상에 밝혀지면 이때까지 쌓아온 이미지가 한순간에 무너져 버릴지도 모른다.

눈물을 글썽이면서도 날카로운 눈빛으로 남자를 노려보는 김성아의 표정과 다르게 그의 표정은 덤덤하기만 했다.

그 모습이 더 열 받게 했다.

"여기는 보는 눈이 많다. 안으로 들어와라."

"여기에 우리 말고 또 누가 있다고 그래요?"

"경호원이 있지 않느냐!"

다시 한 번 그가 김성아의 팔을 붙잡았다.

"꺄아아악!"

그녀는 남자의 손길을 극구 저항했지만 기어코 호텔 스위트 룸 안으로 끌려갈 수밖에 없었다.

어느 고급스러운 호텔 정문 앞.

"특종이다!"

한 기자는 우연히 어떤 중년의 남성과 김성아가 함께 호텔 안으로 들어가는 것을 목격했다.

그리고 그것을 증거로 남기는 데 성공했다.

기자는 회심의 웃음을 흘렸다.

"후후후……."

그동안 얼마나 애타게 찾아다녔던가.

'그렇게 잡아올 건수가 없으면 지구 반대편이라도 가서 하나 잡아와!'

'옆 동네 방송국은 고희도로 대박 사건 하나 터뜨렸는데 우린 지금 뭐 하고 있는 거야!'

'뭐? 외식? 짜장면이나 시켜 먹어!'

그는 그동안 상사에게 받은 온갖 구박을 떠올렸다.

그리고 카메라에 담긴 한 장의 사진을 바라보았다.

분명 사진 속의 여자는 타인들이 알아보지 못하도록 제법 변장을 하고 있었다.

하지만 여태껏 실적에 허덕이며 특종을 찾아 필사적으로 뛰어다닌 그의 눈을 피할 순 없었다. 김성아는 변장을 해도 그 자체로 후광이 따르는 존재였다.

"큭큭, 이거 간만에 칭찬 좀 받겠어."

기자는 연신 키득거리며 그렇게 중얼거렸다.

50대의 사회적 지위가 있어 보이는 중년과 톱 여배우인 김성아가 호텔 앞에 있는 장면이라면 사람들의 상상은 하나로 귀결될 수밖에 없다.

'대중은 자극적인 걸 좋아하는 법이지.'

매일 기계처럼 반복적인 일상에 지친 현대인들은 항상 새로운 자극을 원한다.

그리고 이 사진은 그들에게 자극제가 되어줄 것이다.

'응당 자극이라면 90%의 익숙함과 10%의 참신함으로 만드는 것이지!'

어디서 주워들은 건 있는 기자였다.

당연히 평소 간언(?)을 아끼지 않던 상사에게 들은 것이다.

스폰받는 스타라는 흔한 클리셰로 90%의 익숙함을 채웠다면, 10%의 참신함은 바로 김성아라는 존재 그 자체였다.

물론 김성아의 팬들이 들고일어날 것이다.

그러나 대중의 몰매를 맞는 것은 이름 모를 남자일 것이고 김성아의 수많은 팬 역시 돌아서겠지만 그거야 그들의 사정이고 언론사의 입장에서는 시청률만 오르면 장땡이다.

그는 한시가 급한 듯 상사에게 전화를 걸었다.

—뭐야, 이 시간에?

"한 건 잡았습니다!"

—뭔데? 또 시답잖은 거면 너 진짜 옷 벗을 각오해!

"이번엔 진짭니다. 지금 바로 건네 드리겠습니다."

그는 전화를 끊자마자 어딘가로 부리나케 뛰어갔다.

　　　　　　*　　　　　　*　　　　　　*

　쾅!

　MK엔터테인먼트 사장의 집무실에서 무언가 둔탁한 타격 음
이 울려 퍼졌다.

　김성아가 소속해 있는 연예 기획사의 사장인 민경우는 오늘
자의 인터넷 기사를 보고 분개할 수밖에 없었다.

　[충격! 대한민국 톱스타 K 양, 스폰받나?]

　一전날 밤, 당 방송사는 충격적인 내용의 사진을 하나 입수하였습니
다. 그건 바로 어떤 중년의 남성과 한 여성이 호텔 앞에서 이야기를 나
누고 있는 모습이었는데요, 비록 날이 어둡고 여성은 변장을 한 상태라
둘의 신변을 정확히 파악할 수는 없었지만 실제로 이 사진을 입수한 익
명의 제보자는 여성의 특징을 유추하였을 때 최근 한창 인기를 구가하
고 있는 여배우이자 가수인 K 모 양이 확실하다고 밝혔습니다.

　도대체 이 남성의 정체는 무엇일까요? 그리고 톱스타인 K 양이 무엇
이 부족하기에 스폰을 받는 것일까요?

　　　　　　　　　　　　　　　　　　　　　　　一〇〇〇뉴스, 한 기자.

　민경우를 열 받게 하는 것은 인터넷 기사만이 아니었다.

ㅡ와~ K 양이 설마 김성아? 요즘 뜬다 싶어서 어디까지 가나 했더니 정말 갈 데까지 갔네. 경축드리오~

ㄴ이 새끼가 돌았나? 김성아라는 증거가 어딨어? 너 집 어디야? iq 추적해서 반드시 조진다, 이 개새끼.

ㄴ워, 워~ 진정하시길. 입이 험하시네. 아니, 손가락이라고 해야 되나? ㅋㅋㅋㅋ 솔직히 최근 한창 인기를 구가하고 있는 여배우이자 가수인 K 모 양이라고 하면 김성아 한 명밖에 더 있나요? ㅋㅋㅋㅋㅋ 참고로 제 iq는 430입니다!

헐, 성아야? 아냐. 아닐 거야!

ㄴ맞음. ^^

ㄴ아니야!

민경우는 당장 치프 매니저를 불렀다.

치프 매니저는 해당 기획사 소속 연예인의 스케줄과 로드매니저들을 관리하는 매니저였다.

"지금 나랑 장난하자는 거야?"

"죄송합니다."

"김성아한테 매니저 붙여서 제대로 관리를 했어야 할 거 아니야!"

"하지만 매니저를 거부한 건 그녀가……"

쾅!

민경우는 다시 책상을 내려쳤다.

"그걸 지금 변명이라고 하는 거야, 뭐야!"

"…죄송합니다."

그는 이 순간 무슨 말을 해도 소용이 없음을 깨달았다.

"당장 성아한테 전화… 됐다, 내가 직접 하겠다. 나가!"

"…예."

치프 매니저는 허리를 굽히고 행여 발소리가 들릴세라 숨죽여 민 사장의 집무실을 나갔다.

한 시간 동안 이어진 수십 번의 통화 시도 끝에 민 사장은 김성아와의 통화에 성공할 수 있었다.

민경우는 뜨거운 커피를 원샷하고 나서야 겨우 흥분한 마음을 가라앉힐 수 있었다.

그가 차분한 어조로 말했다.

"지금 어디야?"

—…….

"응?"

—…집이요.

"밖에 기자들 없어?"

—없어요.

불행 중 그나마 다행인 소식이다.

진땀을 흘리던 민경우는 안도의 한숨을 내쉬었다.

회사 문 앞에는 이미 기자들이 쫙 깔려 있지만 말이다.

"진짜 너야?"

—…….

민경우는 침묵을 긍정으로 받아들였다.

"무조건 너 아니라고 극구 부정해! 알겠지?"

—…왜요?

"그걸 지금 말이라고……! 그럼 너라고 할 거야?!"

—…모르겠어요.

민경우는 다시 한 번 크게 한숨을 내쉬었다.

"아무튼 무조건 아니라고 해!"

김성아는 일단 알겠다고 한 후 전화를 끊었다.

그녀의 얼굴엔 눈물로 인해 지워진 눈 화장이 흘러내려 거무죽죽한 여러 개의 선이 그어져 있고 퉁퉁 부어 있었지만, 그러한 얼굴도 그녀의 미모를 감추기엔 역부족이었다.

지금 그녀의 머릿속에 떠오르는 건 단 한 사람밖에 없었다.

무슨 일이든 해결해 줄 수 있을 것만 같은 그런 사람.

그녀는 현일에게 전화를 걸었다.

"작곡가님……."

—뉴스 봤어.

어떤 일로 전화한 건지 이미 예상했는지 현일은 시작부터 본론을 꺼냈다.

김성아는 또다시 흐느껴 울기 시작했다.

"흑흑, 저 이제 어떻게 해야 하죠?"

―일단 사진 속의 여자는 네가 맞는다고 해.

민경우와는 전혀 상반되는 의견이다.

그래도 그녀는 현일이라면 뭔가 묘안이 있을 거라 믿어 의심치 않았다.

그래서 그러기로 마음먹었다.

"…그다음은요?"

―그 뒤엔 아무 말도 하지 말고 그냥 가만히 있어. 내가 다 알아서 할 테니.

김성아는 방 안에 혼자 있음에도 불구하고 고개를 끄덕였다.

전화를 마친 현일은 윤석진에게 전화를 걸었다.

―아, 작곡가님, 그러잖아도 마침 전화하려고 했습니다.

"방송하시려고요?"

―…예. 저희도 어쩔 수가 없네요. 제가 최대한 힘써보려 했는데 우리도 보도를 할 수밖에 없을 것 같습니다.

"아뇨, 그럴 필요 없습니다. 마음대로 하셔도 됩니다."

―이해해 주셔서 감사드립니다. 최대한 작곡가님껜 피해가 안 가는 쪽으로…….

"상관없습니다. 아니, 오히려 더 좋습니다. 이 사건을 집중적으로 보도해 주세요."

―…예?

윤석진은 자신의 귀를 의심했다.

"이번 일을 윤 이사님께서 최대한 크게 키워주셨으면 합니다. 그리고 최대한 길게 끌고 가주세요."

―뭐… 일단 알겠습니다.

윤석진에겐 전혀 손해 볼 게 없는 얘기였다.

흔쾌히 그렇게 하겠다는 대답을 듣고 전화기를 테이블에 내려놓은 현일은 깍지를 끼고 두 팔꿈치를 테이블 위에 얹었다.

그리고 작업실의 모니터를 보며 슬며시 입꼬리를 올렸다.

*   *   *

―속보입니다. K 양과 함께 있던 남자의 정체는 바로 김원호 전 국회의원인 것으로 밝혀졌습니다. 17대 국회의원이었던 김 전 의원은 또한……

김원호라는 사실이 밝혀졌으니 현일은 지금쯤 그가 상대 후보에게 엄청난 맹공을 맞고 있을 거라는 생각이 들었다.

순식간에 쟁쟁한 후보 한 명을 끌어내리고 단숨에 지지율을 올릴 수 있는 기회였으니 당연한 일이기도 했다.

현재 김성아와 연관이 있는 인물 중에서 현일은 그 누구보다 침착했다.

사실 이미 벌어질 일이란 걸 알고 있었으니 당연한 일이었다.

그래도 사전에 예방하지 않은 것은 딱히 그럴 필요가 없었기 때문이다.

오히려 현일은 김성아의 위기를 기회로 승화시킬 생각이다.

윤석진과의 통화에서 전달한 이야기도 그런 계획의 일환이다.

모 만화 주인공처럼 원기옥을 모으면 모을수록 그것이 터졌을 때의 파장은 훨씬 더 커지는 법이니까.

물론 그 충격이 이로운 파장일지 아닐지는 해봐야 알겠지만 현일은 어떻게든 유리한 상황으로 만들 것이라고 다짐했다.

그러지 않고서는 김성아에게 김원호를 만나지 말라고 사전에 얘기하지 않은 것이 무의미해지고 과거로 돌아온 의미도 없어진다.

김성아: 사진 속의 인물은 제가 맞습니다.

거대한 폭발을 일으킬 방아쇠를 김성아가 당겼다.

그녀는 현일과의 통화를 마치자마자 바로 자신의 SNS에 모자를 푹 눌러쓰고 선글라스를 낀 채 어떤 남성과 호텔 앞에서 만나는 여자가 자신이라고 시인했다.

'그럼 이제 움직여 볼까?'

현일은 짐을 챙기고 일어나 즉시 김성아를 데리러 갔다.

*　　　　　*　　　　　*

"어떻게 된 일이야?"

운전 중인 차 안에서 현일이 김성아에게 물었다.

그녀는 집에서 안 나오려고 했지만 잠깐 얼굴만 보자는 현일의 제안에 밖으로 나왔다.

"……."

그녀는 침묵했다.

뭔가 말할 수 없는 비밀이라도 있는 모양이지만 이어지는 현일의 질문에 그녀는 심히 놀랄 수밖에 없었다.

"그때 만난 사람, 아버지 맞지? 너의 친아버지."

"아니에요! 그런 인간이… 그런 인간이 저의 친아버지일 리가 없잖아요! 제 친아버지는 이 세상에서 단 한 명밖에 없어요!"

김성아는 불같이 소리를 질렀다.

아마도 단 한 명이라는 친아버지는 지금 함께 살고 있는 그 아버지를 뜻할 것이다.

'아무래도 화가 많이 쌓여 있는 모양이군.'

이럴 땐 뭐라고 말해줘야 할까.

"그래도 다시 한 번 만나서 얘기해 보는 게 어때?"

"싫어요. 그런 인간, 다시는 꼴도 보기 싫다고요. 흑흑……."

현일은 그녀의 등을 토닥여 주었다.

─속보입니다. 김원호 전 의원이 10분 전 검찰에 구속되었다

고 합니다. 지금 심문을 받고 있는 김 의원은…….

현일은 라디오를 재빨리 꺼버리고 그 대신 노래 하나를 틀었다.

[에픽 등급의 음악을 감상합니다.]

[이 음악에 녹아든 감정은 '반성'과 '마음의 평화'입니다.]

[이 음악을 듣는 사람은 어제보다 나은 오늘을 살아갈 수 있다는 희망을 얻을 것입니다.]

검사 박정훈의 바로 그 OST였다.

계속해서 훌쩍이는 김성아를 달래주면서, 그리고 음악을 들으면서 얼마간의 시간이 흐르자 그녀는 현일에게 자초지종을 늘어놓기 시작했다.

"…인정하긴 싫지만, 그 사람은 제 친아버지가 맞아요. 저는 사생아예요."

"어머니는?"

"엄마는 지금 집에 계신 분이 제 친엄마예요. 법적 부친이신 지금의 아빠는 항상 가정에는 소홀하고 일에만 치여 사는 분이셨죠. 그래서 아빠가 일하고 계시는 분야에서는 큰 성공을 거두었지만… 엄마는 항상 외로워하셨나 봐요. 그때 아빠의 사업으로 인해 만나게 된 검사와 사랑에 빠져 저를 낳게 되신 거예요."

그렇게 된 사정이란다.

물론 그녀의 말은 아주 비약된 것이겠지만 대충 일이 어떻게 돌아갔는지는 물 흐르듯 상상이 되었다.

김원호 후보는 일단 17대 국회의원을 지낸 사람이고 전직 검사였다.

검사 시절부터 그는 각종 비리와 부패를 척결해 일찍이 두각을 나타내었고 청렴결백한 검사다운 검사를 추구하여 세간의 조명을 받아 국민의 인기를 얻었다.

따라서 자연스레 이 당 저 당에서 김 후보를 러브콜하였고, 그는 자신의 가치관에 따라 자신이 원하는 곳을 선택하여 입당했다.

그 이후에는 소속한 당의 후원과 국민의 지지에 힘입어 17대 국회의원이 될 수 있었지만, 청렴결백을 추구하는 그가 뒤로 들어오는 수많은 청탁과 뒷돈을 받아들일 리 만무했다.

그렇기에 경쟁 관계에 있는 정치인들은 물론이고 심지어 같은 당 정치인들에게까지 눈총을 받아 결국 그는 스스로 탈당했다.

그리고 지금 19대 국회의원 보궐선거에 무소속으로 입후보한 것이다.

현일은 곰곰이 기억을 되짚었다.

'전생에서는 선거에서 진 걸로 기억하는데.'

그래서 이번에는 힘이 닿는 데까지 도와줄 참이다.

물론 김 후보를 직접 만나서 심도 있는 대화를 나눈 후의 일이겠지만.

하여튼 김성아는 속 시원하게 털어놓으면서 자신도 마음이 한결 가벼워지는 느낌을 받았다.

"그런데 제 친아버지란 사실은 어떻게 알게 된 거예요?"

현일은 대충 둘러대기로 했다.

"그냥 왠지 그럴 것 같더라고. 네가 스폰을 받는다는 건 애초에 말이 안 돼. 막말로 MK 민경우가 악덕 사장도 아니고 너한테 줘야 할 정산금을 계속 미루는 것도 아닐 텐데. 그래서 난 뭔가 출생의 비밀이라도 있지 않을까 생각했지."

물론 이미 다 알고 있던 사실이다.

"저를 떠본 거예요?"

"…싫어?"

"…그건 아니지만요."

김성아는 그저 현일이 자신에 대해 생각해 주는 것만으로도 좋았다.

모두가 그녀를 둘러싸고 음모론을 펼치고 있을 때, 현일만은 다르게 생각해 주었다. 마치 아주 당연하다는 것처럼 말이다.

자신을 믿어주고 있다는 느낌이 들었다.

"호텔에서는 무슨 이야기를 했어?"

"…자기를 후원해 달라고 했어요. 전 처음에 만나자고 했을 때 사과를 하려는 줄 알았는데……."

그녀가 입술을 질끈 깨물었다.

과연 납득할 만한 이야기였다.

지금은 당의 후원이 없으니 딸의 인기를 이용해 자신의 지지율을 높이려고 한 것이다.

다른 누구도 아니고 김성아가 SNS에 김 후보를 지지한다는 글만 써줘도 지지율에 적잖은 변화가 있을 것이고, 직접 홍보 운동을 펼친다면 큰 영향을 끼칠 수 있을 것이다.

그녀의 열혈 팬 중에는 성인도 많았으니까.

현일은 즉시 대검찰청으로 차를 몰았다.

*　　　　　*　　　　　*

대검찰청 취조실.

현일은 김 후보에게 면회를 신청하여 그의 앞에 앉아 있다.

김성아가 스폰 혐의로 체포되지 않은 것은 그가 입을 열지 않았기 때문일 것이다.

언론에선 시청률을 끌어 모으기 위해 온갖 소설 아닌 소설을 꾸며댔지만 법이란 게 추측이나 의심만으로 사람을 잡아갈 수는 없었다.

더군다나 검찰을 움직이는 것은 김원호와 경쟁 관계에 있는 정치가들이다.

그들의 목표는 김원호의 이미지를 최대한 손상시키고 지지율을 떨어뜨리는 것이다.

그 목적만 달성되면 김원호가 누굴 만나든 상관없었다.

그리고 그 목적은 서서히 달성되고 있었다.

아무튼 원래라면 쉽게 면회를 허가해 줄 리가 만무하지만, 김 후보를 취조하는 담당 검사가 그의 후배였기에 어떻게든 잘 되었다.

김 후보는 취조실에 들어서는 김성아를 보고 별안간 눈을 빛냈지만 그녀를 따라 들어온 현일을 보고는 심기 불편하다는 기색을 드러냈다.

얼핏 아버지에게서 딸을 빼앗아가는 사위를 보는 듯한 느낌이 들기도 했다.

아마 현일을 김성아의 연인쯤으로 생각하는 모양이다.

현일이 먼저 입을 열었다.

"팔자가 아주 좋아 보이십니다. 어깨너머로 들은 바로는 국회의원도 평검사가 취조한다는데 부장검사님께서 직접 취조를 다 하시고."

"흥, 까짓것, 조서 몇 장 쓰면 끝날 일이라네. 이런 건 일도 아니야. 그냥 내 후배 녀석 얼굴이나 한번 보러 온 거지."

"그 후배가 떨어진 지지율을 회복시켜 줄 수는 없을 텐데 말입니다."

"…자네, 성아의 애인이라도 되는 건가?"

"그런 건 아니지만 성아는 저와 한 식구라고 할 수 있는 사람이죠."

"꼴에 어디서 본 건 있는 모양이군."

'한 식구'는 법조계 사람들이 시쳇말로 사용하는 단어였다.

"인사가 늦었습니다. 작곡가인 최현일이라고 합니다."

"그렇다면 자네가 우리 성아에게 곡을 써준 것이고?"

"그렇죠."

"겨우 그거 가지고 날 찾아온 건가?"

김 후보는 자존심이 매우 강한 사람처럼 보였다.

애써 인상을 굳히며 현일에게 매서운 눈빛을 보내왔지만, 이따금 김성아를 힐끗거리기도 했다.

그럴 때마다 그녀는 눈을 피했다.

"한 가지 말씀드리고 싶은 게 있어서 찾아왔습니다."

"뭔가?"

어서 용건만 간단히 말하고 사라지라는 느낌이 강한 어투였다.

그것도 김성아를 데려왔으니 망정이지 현일은 자신 혼자 왔으면 그가 만나주지도 않았을 거란 생각이 들었다.

"제가 여의도로 보내 드리겠습니다."

"허! 고작 그런 농담 따먹기나 하자고 내 귀중한 시간을 허비하는 건가?"

김 후보는 그렇게 말하며 코웃음을 쳤다.

"여기서 취조받고 있는 것보단 제 말씀을 들어보시는 게 그

귀중한 시간을 알뜰하게 보낼 수 있을 거라 생각합니다."

몇 번의 공방 끝에 결국 김 후보는 고개를 끄덕였다.

"그래, 어디 한번 들어나 보겠네."

"제……."

"단!"

"……?"

"만약 쓸데없는 얘기라고 판단되면 더 이상 내 딸에게 접근
하지 말게."

"그게 무슨……."

김성아가 벌떡 자리에서 일어났다.

현일이 그런 그녀를 제지하며 수긍했다.

"알겠습니다."

"작곡가님……."

김성아가 현일을 돌아보며 말끝을 흐렸다.

김 후보는 그런 딸의 눈빛을 보았다.

현일을 바라보는 그녀의 눈빛.

마치 그녀의 어머니가 자신에게 보낸, 그리고 자신이 그녀의
어머니를 바라볼 때의 그 눈빛과 같았다.

"좋네, 계속하게. 한데 어떻게 날 국회의원으로 만들어준다
는 것이지?"

"의원님, 제 직업이 뭡니까?"

현일은 아직 후보인 그를 구태여 의원님이라고 불러주었다.

"작곡가라고 하지 않았나."

"그렇습니다. 제가 선거운동 홍보용 음악을 작곡해 드리겠습니다."

쾅!

김 후보는 현일의 말이 너무나도 황당했는지 잠시 할 말을 잃었다가 이내 책상을 내려쳤다.

"지금 나랑 장난하자는 건가?"

현일은 방금 전에 자신이 한 번 물러났으니 이번엔 강하게 나가기로 했다.

"의원님, 의원님은 아직도 본인이 처한 상황 파악이 제대로 안 되시는 것 같습니다."

"…무슨 말인가?"

"의원님은 현재 소속한 당도 없고 다른 정치인들에게 미움을 샀어요. 아무도 손을 내밀어줄 사람이 없다는 말입니다. 게다가 경쟁 후보들은 모두 쟁쟁하죠. 청렴결백한 이미지 하나로 국민의 표를 얻으신 분이 일전의 사건으로 그 이미지도 죄다 깨져 버렸죠."

김 후보의 눈빛이 흔들렸다.

본인 또한 생각하고 있는 바를 눈앞의 사내가 정확하게 짚어내고 있는 것이다.

현일이 말을 이었다.

"그리고 시쳇말로 털어서 먼지 하나 안 나올 사람 없다고, 조

통제하에 있다 31

만간 경쟁 후보들이 의원님의 과거를 낱낱이 파헤칠 겁니다. 그러면 대한민국 검사라는 작자가, 그것도 국회의원 후보라는 사람이 남의 여자로 하여금 사생아를 낳게 만들었다는 사실이 드러날지도 모르죠."

"으음……."

김 후보가 침음을 흘렸다.

"검사도 사람이고 정치인도 사람입니다. 사람인 이상 실수를 전혀 안 하는 게 오히려 이상하지요. 그것까진 이해한다고 칩시다. 그걸로 의원님만 선거에서 떨어지면 차라리 다행입니다. 만약 그로 인해 성아의 이미지까지 바닥으로 추락한다면… 자신의 손으로 사랑하는 딸의 미래를 찢어놓으실 겁니까?"

듣고 보니 현일의 말이 일리가 있었다.

"…다 알고 왔군."

"네."

"성아가 말해주던가?"

"그렇습니다."

"자넬 꽤나 믿는 모양이군."

"제 식구니까요."

사실 김 후보는 자존심이 세고 고지식했지만 실상은 누구보다 딸을 걱정하고 아끼는 사람이었다.

"그럼 어떻게 하면 되겠나?"

"기자회견을 열고 성아의 친부라는 사실을 밝히세요."

"그건 안 되네. 그게 알려지면 성아의 이미지가 실추될 거라고 자네도 방금 말하지 않았나?"

"물론 그렇게 말했죠. 하지만 그거야 상대 후보가 소설을 쓸 때의 이야기고 자진해서 밝히면 크게 문제 안 될 겁니다. 진즉에 사실을 밝히지 않은 건 딸의 인기에 묻어가는 걸 원치 않아서 그랬다고 하세요."

김 후보가 언짢다는 기색을 표했다.

실제로 딸의 인기에 묻어가려고 한 건 자신의 생각이었으니까.

"…알았네. 그런데 아까 선거운동에 사용할 음악으로… 뭘 어쩐다는 건 진심인가?"

현일은 지체하지 않고 긍정했다.

"분명히 효과가 있을 겁니다. 아니, 있습니다. 다만 그 이야기를 하기 전에 먼저 성아에게 해줄 말이 있을 텐데요."

"그래, 그렇지."

김 후보는 고개를 끄덕이며 한숨을 내뱉더니 이내 김성아를 똑바로 쳐다보고 입을 열기 시작했다.

"내가 젊었을 때 일이다. 옷깃만 스쳐도 인연이라고, 우연히 네 어머니와 마주치게 되었다. 우린 서로 첫눈에 반했어. 이미 임자가 있는 여인이었기에 한순간의 만남에 불과했지만 내 생애 정말 그토록 누군가를 사랑해 본 적이 없었다."

김성아는 그 말을 들으며 소리 없이 눈물을 흘렸다.

이후에도 김 후보의 스토리는 계속되었고, 결국 '미안하다'는 한마디에 그녀는 울음을 터뜨렸다.

*   *   *

현일은 윤석진을 만나 그동안의 상황을 설명해 주었다.

그는 현일의 이야기를 들으면서 연신 고개를 끄덕거리더니 별안간 자못 진지한 표정을 지으며 입을 열었다.

"음, 그러니까 작곡가님의 말씀은 김 후보에게 유리한 쪽으로 기사가 나오도록 해달라는 겁니까?"

"정확히 말하자면 다른 언론사에서 소설을 못 쓰게 해달라는 거죠. 그냥 저에게 들은 사실대로만 적어주시면 됩니다."

"원래 사실이란 게 양쪽 말을 다 들어봐야 하는 거 아닙니까? 하하하!"

윤석진은 사뭇 농담조로 말했지만 마냥 농담이 아님을 현일은 잘 알고 있었다.

그래서 김성아를 데려온 것이다. 그녀가 대답했다.

"사실이에요. 김원호 후보는 제 친부가 맞아요."

"크흠, 그렇다고 해서 작곡가님을 의심한다는 건 절대 아닙니다."

"괜찮습니다. 원래 이런 일일수록 확실히 해야죠. 게다가 어차피 곧 밝혀질 사실이니 김 후보도 무혐의로 풀려날 거고요."

"알겠습니다. 그런데… 김 후보의 기자회견은 우리 MBC에서 단독 보도로 진행하고 싶습니다만… 가능하겠습니까?"

윤석진의 질문에 현일이 김성아를 바라보았다.

"가능할 거예요. 제가 직접 말씀드릴게요."

윤석진이 흐뭇한 미소를 지었다.

"아, 만난 김에 드리는 말씀인데, 저번의 그 뮤직 스테이션 말입니다만……."

"이미 무라카미 프로듀서에게 연락했습니다. 일단 가능하다는 확답은 들었습니다."

"감사합니다."

윤석진이 씨익 미소를 지었다.

"맥시드의 팬이라더군요."

"그럼 어쩔 수 없이 맥시드를 뮤직 스테이션 무대에 올려야 될 것 같네요."

"자세히 어떻게 될지는 모르겠습니다. 한번 직접 만나서 얘기해 보시는 게 빠를 것 같습니다."

그런 대화가 오가니 김성아가 묘한 눈빛으로 현일을 쳐다보았다.

'저도 가고 싶어요.'

그녀의 눈동자는 마치 그렇게 말하는 것 같았다.

뮤직 스테이션이 어떤 무대인지는 김성아도 매우 잘 알 것이다.

그러나 현일은 이미 T/O를 정해놓았다.

아쉽지만 거기에 김성아는 편성돼 있지 않았다.

"넌 반드시 더 좋은 무대에 올려줄게."

이건 진심이다.

그러나 그녀는 아쉬운 마음을 감추지 못했다.

"참, 이제 문제는 없는 거죠?"

윤석진이 걱정된다는 말투로 김성아에게 물었다.

검사 박정훈이 MBC에서 방송되니 김성아의 멘탈을 걱정하는 것이다.

혹여 이번 일 때문에 그녀가 방송에 차질을 빚는다면 문제가 이만저만이 아닐 테니까.

"네, 괜찮아요."

김성아는 현일을 보며 덧붙였다.

"덕분에."

                    *   *   *

MK엔터테인먼트 사장의 집무실.

"허어억!"

망했다.

민 사장은 그렇게 외치고 싶었다.

외치기 싫은데 외치고 싶은 이 모순된 감정.

원인은 김성아의 SNS에 올린 한 문장 때문이었다.

제가 맞습니다.

그걸 본 순간 민 사장은 별의별 생각이 다 들었다.

누가 뭐라 하든 김성아는 MK엔터테인먼트의 간판스타나 다름없었다.

아니, 간판 그 자체이다.

MK엔터테인먼트 그 자체는 바로 민 사장 자신이고.

한데 간판 하나가 회사를 휘청거리게 만들고 있었다.

이대로 김성아가 추락해 버리면? 아직 우리 회사엔 김성아의 뒤를 따를 자가 없는데? 아니, 그것보다 김성아만큼의 스타를 영영 키워내지 못한다면 어쩌지? 회사 주식 폭락하는 거 아니야? 주주들을 볼 면목이 없는데? 그렇게 회사가 망해 버리면? 그럼 내 처자식들은 어떻게 사나?

'이렇게 되면 어쩌지? 저렇게 되면 어쩌지? 그렇게 되면 어쩌지?'

그의 머릿속에선 별의별 상상이 다 튀어나왔다.

장편소설 한 권을 쓸 수 있을 정도로.

그런 그를 그의 비서가 상념에서 일깨워 주었다.

"사장님, 뉴스 좀 보십시오."

—속보입니다. 김 후보…….

요즘 따라 많아진 뉴스 속보를 다 보고 나니 민경우는 안정을 취할 수 있었다.

'살았다!'

처음 알게 된 김성아의 출생의 비밀도, 그 외의 여러 가지 일도 있었지만 그의 마음속엔 놀라움보단 안도감이 내려앉았다.

"휴우……."

다행이라는 생각에 안도의 한숨을 내쉰 민경우가 비서에게 물었다.

"현재 팬들 반응은 어때?"

"확실히 나아졌습니다. 실시간으로 SNS와 기사가 올라오고 있는데, 대부분 긍정적인 반응입니다."

"대부분?"

"예, 악플이 조금 있긴 하지만, 그냥 여느 연예인에게나 있는 수준입니다. 신경 쓸 정도는 아닙니다."

네티즌은 아무것도 모르면서 김성아와 김원호 후보에게 비난과 질책을 퍼부은 과거의 자신을 반성하면서 그러한 댓글을 모두 자진 삭제하고 있는 실정이었다.

흑역사를 남기지 않기 위한 올바른 판단이었다.

또한 좋아지고 있는 상황은 그뿐만이 아니었기에 비서가 말을 이었다.

"그리고 오히려 많은 안티 팬들이 김성아의 팬으로 돌아서고 있습니다. 이번 일로 개념이 장착된 스타라는 이미지를 상당히 심어줄 수 있을 것 같습니다."

그 말에 민경우의 얼굴엔 슬슬 미소가 돋아나기 시작했다.

"그런가?"

"예, 5천 명에 가깝던 안티 카페 회원도 천 명 이하로 줄었습니다."

"그런 델 아직도 모니터링하는 건가?"

"제법 참고할 게 많다고 합니다."

"흠, 알겠네. 그만 자리에서 일어나지."

"예."

*   *   *

"성아 씨, 한 말씀해 주시죠!"

"김 배우님, 김원호 후보가 배우님의 친아버지라는 게 사실입니까?!"

"성아 씨!"

"배우님, 그……!"

김성아도 기자회견을 열었다. 기자들에게 둘러싸여 정신이 없을 법한데도 그녀는 침착하게 하나하나 질문에 대답해 주고 있었다.

"진즉 김 후보의 친딸이라는 사실을 밝히지 않은 이유가 무엇입니까?"

"혹여 그 사실이 아버지의 지지율에 영향을 미치거나 저의 정치적인 사상을 드러낼 것이라 생각되어 우려되었습니다."

"그렇다면 본인은 부친을 지지하는 쪽이십니까?"

"노코멘트하겠습니다. 여러분은 각자의 사상에 따라 지지하는 후보에게 표를 주시면 됩니다."

"앞으로의 계획은 어떻게 됩니까?"

"좋은 질문입니다. 여러분은 전부터 계속 저를 배우라고 지칭하셨지만 가수인 김성아도 기억해 주셨으면 좋겠습니다. 기자님들도, 저를 사랑해 주시는 팬 여러분도요. 이상입니다. 감사합니다."

그녀는 이런 일에 익숙한 듯 좋은 질문엔 흔쾌히 대답해 주고, 곤란한 질문엔 말을 돌리며 요리조리 회피했다.

덕분에 개념 있는 연예인이라는 인식이 톡톡히 어필되고 있는 중이다.

김원호 후보 또한 오해가 풀리면서 추락한 지지율이 급속도로 회복되고 있었다.

물론 김성아의 영향이 있기는 했다.

오히려 곤란해진 것은 김 후보를 공격한 경쟁 후보였다.

아무런 잘못도 없는 그를 헐뜯었으니 국민들에게 정치인으로서의 그릇인지 아닌지를 심판 받고 있는 것이다.

*　　　　*　　　　*

—크흠, 후보님, 아무래도 전에 이야기한 건 좀 곤란할 것

같습니다. 이미 임원회의에서 결정이 난 일입니다. 그럼 부디 평안하시길.

뚝.

일방적인 통보.

SH엔터테인먼트 이성호와 신종철 후보의 통화는 그렇게 종료되었다.

"크윽……."

"아빠!"

누군가가 신종철 후보의 문을 벌컥 열고 들어와 소리쳤다.

공교롭게도 걸스라인의 멤버인 신혜인이었다.

"혜인아!"

"이게 어떻게 된 거야?"

"후……."

"분명히 아빠가 국회의원 되면 나 팍팍 밀어준다고 했잖아!"

현재 걸스라인은 사실상 잠정적으로 그룹이 파투 나버린 상태라 해도 과언이 아니었다.

학교에서 SH의 연습생이 되었다고 콧대 높이고 다니던 게 엊그제 같은데 말이다.

SH엔터테인먼트의 임원진이 수익성이 없다고 판단했기에 현재 걸스라인은 거의 버린 카드였다.

그렇기에 그들에겐 더 이상 노래도 주지 않았고 방송 섭외도 들어오지 않았다. 멤버들끼리 연락도 하지 않았다.

매니저는 마냥 놀고 있는 판국이었고.

해서 아버지가 국회의원이 되기만을 손꼽아 기다리고 있었는데 그 와중에 이 사달이 난 것이다.

현재 신종철의 지지율은 국회의원으로 선출되기엔 턱없이 낮았다.

그러나 그는 딸에게 상대 후보를 짓밟으려다가 오히려 자기가 한 방 먹었다고는 차마 말할 수 없었다.

"혜인아, 세상일이라는 게 그렇게 쉬운 게 아니다. 특히 이 정치라는 건 말이야……."

"아, 됐어! 듣기 싫다고! 아빠는 정치인이니까 뒷돈 많이 받아먹었을 거 아냐! 인맥도 넓을 거고! 이성호 사장한테 뭐라도 해보란 말이야!"

그리할 생각이었다. 얼마 전까지는.

"혜인아, 아버지한테 그게 무슨 말버릇이냐!"

"그렇게 고지식하니까 만날 선거에서 떨어지는 거야! 뭔가 혁신적인 공약 같은 거 없어?"

"크흠! 공약이라는 게 함부로 내세울 수 있는……."

"아, 진짜! 어차피 그딴 거 안 지켜도 되잖아! 지키는 정치인 봤어? 그냥 대충 멍청한 국민들이 홀랑 속아 넘어갈 만한 달콤한 정책……."

짝!

신혜인은 따귀를 한 대 맞았다.

자신의 아버지에게.

생애 처음으로.

그녀는 붉어진 뺨을 만지며 믿을 수 없다는 표정으로 신종철을 올려다보았다.

"아, 아빠가… 어떻게 날……."

"아무래도 내가 널 잘못 키운 것 같구나! 당장 SH에서 나와!"

"나, 난 가수라고! 어떻게 그런 말을 할 수가 있어?"

"당장 과외 붙여줄 테니 공부 시작해라."

"싫어! 공부는 싫단 말이야!"

"정 가수가 하고 싶다면 밑바닥에서부터 다시 올라가든지 네스스로 알아서 해!"

"…아빠!"

"나가!"

신종철은 그 말을 끝으로 딸을 쫓아 보내고 다시 자리에 앉아 마음을 가라앉히려 노력했다.

신혜인은 그냥 눈물만 뚝뚝 흘렸다.

＊   ＊   ＊

―이번 달 정산금 입금됐습니다. 확인해 보세요.

"네, 수고하세요, 한 사장님."

현일은 즉시 은행으로 달려갔다.

―저작권료: ₩2,067,472,841

―유튜브 광고 수익: ₩48,987,601

―그 외 여러 가지 잡다한 것들(음원 및 음반 판매 수익, 주식 배당금 등등): ₩354,894,510

'이 맛에 작곡가 하는 거지.'

한 달 만에 20억이 넘는 돈을 벌었다. 물론 그만큼 세금도 많이 나오겠지만.

저작권료 외의 다른 것들은 둘째 치고라도 저작권료가 있다는 것만으로도 상당히 안심이 되었다.

그건 평생 연금이나 마찬가지였다.

사실 저작권료의 대부분은 사라 테일러의 'Pride'가 차지했다.

만약 그게 없었더라면 가장 앞자리 숫자 '2'가 빠졌을 공산이 크다.

그래도 20억은 많이 줄어든 것이다.

Pride가 발표된 지 얼마 안 된 근 2개월 동안 거의 몇 배에 가까운 저작권료를 벌었으니까.

아마 SH의 메인 작곡가도 이 정도로 어마어마한 금액은 벌지 못할 것이다.

게다가 검사 박정훈이 종영되면 투자금의 수배에 달하는 이익이 통장에 꽂힐 예정이다.

수백억.

본래 투자한 50억도 모두 현일의 개인 자산이었다.

하지만 그렇다고 해서 다 혼자서 챙길 심산은 아니다.

'슬슬 독자적인 플랫폼을 준비할 때가 된 것 같은데?'

국내에서 알아주는 음원 유통 플랫폼을 생각나는 대로 세 개만 꼽아본다면 역시 네버, 수박, 그리고 아이튠즈가 있다.

그중에서도 우리나라에서 압도적인 점유율을 차지하는 것은 단연코 수박이다.

지금 현일이 살고 있는 날을 기준으로 대략 75% 이상의 점유율을 보이고 있으니 이건 할 말이 없는 수준이다.

비록 3년 후쯤에는 점유율이 55% 정도로 떨어진다곤 하지만, 그래도 네버와 애플이라는 대기업을(네버가 대기업인지 중견기업인지는 둘째 치고) 제치고, 또 그 외에도 유통 음원 플랫폼이 한두 개가 아니란 것을 감안하면 이는 절대적인 1등의 위치라고 해도 과언이 아니다.

'수박을 소유한 회사가 로열 더 케이였지?'

현일은 재빨리 검색해 보았다.

2004년 11월에 서비스를 시작했고, 그 당시엔 SK텔레콤의 사이트였다.

그 이후에는 SKT의 자회사인 로열 더 케이에게 수박을 넘겨주었다.

여기까지가 인터넷에 기록되어 있는 상황이다.

현일은 차분히 기억을 되짚어보았다.

'내 기억에 의하면… 그리고 다시 2013년 3분기쯤에는 로열 더 케이가 밖으로 매각될 거고, 또다시 2016년 1월에 카카오가 로열 더 케이를 인수했지.'

멜론에 등록되어 있는 노래는 약 350만 곡 정도 될 것이고, 현일이 독자적인 플랫폼을 구축하여 그를 따라잡으려면 먼저 국내 모든 엔터테인먼트 회사에서 계약을 따내고 또 외국 회사에서도 계약을 따내야 하고, 사이트를 개설하고 관리할 프로그래머를 고용하거나 아니면 외주를 맡기고, 그리고……

'…제법 길고 긴 프로젝트가 될 것 같은데.'

물론 전설 등급의 노래라면 그 자체만으로도 엄청난 마케팅이 될 수 있을 것 같았다.

'어떻게든 전설 등급의 음악을 두세 개쯤 더 만든다면, 그리고 그걸 오로지 GCM이 만든 플랫폼에서만 판다면……?'

일단 이에 대해서 생각하는 건 나중으로 미뤄야겠다는 생각이 들었다.

*　　　　　*　　　　　*

"혹시 일본어 할 줄 아는 사람?"

현일이 팀3D의 작업실 문을 활짝 열며 물었다.

"응?"

"일본어요?"

현일이 고개를 끄덕였다.

"갑자기 일본어는 왜요?"

"이번에 우리 가수가 뮤직 스테이션에 올라가게 됐거든. 무라카미 프로듀서한테 이메일 좀 보내려고."

팀3D의 눈이 일순간 번쩍 뜨였다.

안시혁이 의문을 표했다.

"그런 일이 있었어?"

"네."

"그런데 왜 말을 안 했어?"

"그거야… 확정되고 나서 말하려고 했죠. 설레발은 좀 그렇잖아요."

"뮤직 스테이션에 올릴 가수는 정해놨고?"

김성재가 끼어들었다.

"MMF는 어때? 원래 해외시장 노리고 키운 밴드잖아."

"프로듀서가 맥시드의 팬이라니까 맥시드를 올려야겠죠."

김성재가 입맛을 다셨다.

"쩝, 그럼 어쩔 수 없고."

"그런 거라면 제가 도와드릴게요."

이지영이 웃으며 일어났다.

"일본어 배운 적 있나 봐?"

"학교에서 배웠죠."

"그 정도면 작문 같은 거 할 수 있어? 공부 열심히 했나 보다."

"그렇지는 않아요. 일본에 펜팔 친구가 있었거든요."

"아, 어쨌든 잘됐네."

"이메일만 보내면 되는 거죠?"

"회화도 할 줄 알아?"

"조금요."

"그래? 잘됐다."

　　　　　*　　　　　*　　　　　*

이지영은 현일이 불러주는 대로 일본어로 번안해 메일을 적어 보냈다.

내용은 대강 감사하다는 인사말을 시작으로 우리 측 가수에게 최대 몇 분까지 제공할 수 있느냐는 것이었다.

GCM 소속 가수들이 노래를 부르는 모습이 담긴 유튜브 링크도 걸어주었다.

'바로 왔네?'

마침 무라카미도 인터넷에 접속하고 있던 모양인지 답장이 곧바로 도착했다.

이지영은 현일에게 즉각 달려가서 그 소식을 알려주었다.

"답장 왔어요!"

그녀는 아주 밝은 얼굴이었다. 기대해도 좋다는 듯이.

"뭐래?"

"요약하면 세 팀에 20분 남짓, 한 팀당 최대 7분까지 가능하다네요."

'나이스!'

현일은 속으로 쾌재를 불렀다.

기껏해야 한 팀, 운 좋아야 두 팀일 거라 생각했는데 세 팀이나 T/O를 준단다.

왜 그런지는 알 수 없었지만 어쨌든 잘된 일이었다.

'만나면 물어봐야지.'

김성재가 추천한 MMF도 진지하게 고려해 볼 수 있을 것 같았다.

이지영이 덧붙였다.

"그런데 한 회에 한 팀씩이래요."

"그럼 한 주마다 한 팀만 공연하게 해주겠다는 거야?"

"네."

"음, 괜찮아. 그래도 그게 어디야."

"그건 그렇죠."

이왕이면 세 팀을 한 회에 동시에 내보내는 게 더 일본 대중에게 어필할 수 있지 않을까 하는 생각이 들었지만, 뮤직 스테이션은 어디까지나 일본의 가요 무대였다.

'거기나 여기나 죄다 아이돌 판인 건 마찬가지지만.'

한 시간 채 안 되는 동안 20분이 넘는 시간을 한국 가수에게 줘버린다면 무라카미 프로듀서의 입장도 꽤나 난처해질 것이다.

'…아니면 스페셜 방송을 노려볼까?'

빨리 무라카미 프로듀서를 만나보고 싶었다.

*   *   *

'끄응……'

현일은 머리를 싸매고 고민했다.

김 후보의 선거운동 홍보용 음악은 김성아와 김 후보의 사건
이 터지기 전부터 준비해 왔다.

현재 신 후보가 출마를 포기한 상태이기에 김 후보의 지지율
은 1등과 근소한 차이로 2등을 하고 있는 중이다.

그 근소한 차이를 큰 차이로 만들어내야 하는 게 작금 현일
의 임무였다.

솔직히 지금쯤이면 에픽 등급의 노래를 만들어낼 수 있을
거라고 생각했다.

물론 유니크 등급이 나와 준다면 더할 나위 없지만, 지금 김
후보의 지지율을 보면 딱히 거기까지는 필요가 없을 것 같았
다.

'그리고 최초의 유니크 음악이 선거운동에 쓰일 노래라면…
뭔가 좀 아쉽단 말이야.'

한데 아직도 레어 등급에서 멈춰 있는 것이다.

'큭, 편곡만 어떻게 조금 더 해보면 될 것 같은데.'

현일은 선거 홍보용 음악에서 가장 필요한 것이 뭔지 곰곰이 생각해 보았다.

'일단 사람들이 무심코 흥얼거리게 만드는 게 중요해.'

그러면 대중은 그 노래를 좋아하게 될 것이고, 나아가 그 후보에게도 친근감을 갖게 될 것이다.

사람의 마음이란 게 그렇다.

A 후보를 찍으리라 마음먹고 투표장에 갔을 때, B 후보가 인자한 웃음을 지으며 악수를 청한다면 열에 아홉은 악수에 응할 것이고 악수에 응한 십중팔구는 마음이 흔들리게 된다.

당연히 그런 행동은 금지되어 있지만 말이다.

'듣는 사람을 단번에 현혹시킬 수 있는 그런 무언가가 필요한데.'

그렇게 고민하고 있는데 좋은 생각이 떠올랐다.

'현혹, 현혹이라……'

그와 비슷한 단어가 몇 개 떠올랐다.

매혹, 유혹 등등.

현일은 김성아에게 또다시 연기를 부탁하기 위해 그녀에게 전화를 하려 했으나 이내 들려오는 노크 소리에 수화기를 내려놓았다.

"…저예요."

한지윤이었다.

"또 울상이네. 목소리는 또 왜 그렇게 힘이 없어? 넌 카메라가 항상 따라붙어 다녀야 될 것 같다."

우스갯소리로 한 말이지만, 그런 콘셉트의 예능 프로그램을 기획한다면 제법 재밌을 것 같다는 생각이 들었다.

"죄송해요."

"사과하지 마."

"죄……."

"하지 말라니까!"

한지윤은 호통 아닌 호통에 입을 꾹 다물었다.

현일이 물었다.

"무슨 일이야?"

"작곡가님, 팬들이 단발머리가 안 어울린대요."

"왜?"

"질렸나 봐요."

"음, 코디나 헤어 디자이너가 뭐라고 안 해?"

"했어요. 스타일을 바꿀 때가 되지 않았냐고 만날 때마다 물어보던 걸요."

"그래? 그런데 그걸 네가 안 바꾸겠다고 한 거고?"

"…네……."

"그 사람들도 다 나름 경력 있는 사람들이고, 언제쯤에는 어떤 스타일이 좋을지 항상 연구하고 생각하는 분들일 텐데 왜 고집을 부려?"

"그게… 죄송해요. 바꿀게요."

현일은 손사래를 쳤다.

"아냐, 꼭 그런 뜻으로 한 말은 아니야."

현일은 그렇게 말하면서 겉으로는 차분한 척했으나 의문을 지울 수가 없었다.

날개만 없지 사실상 치품천사(구품천사 중에서도 으뜸의 천사)나 다름없는 한지윤에게 어찌 단발머리가 안 어울릴 수가 있다는 말인가.

아니, 세상 모든 헤어스타일을 다 갖다 붙여도 완벽하게 소화해 낼 그녀였다.

심지어 현일은 그녀가 평생 똑같은 모습으로 산다 해도 언제나 새로이 아름다운 부분을 찾아낼 자신이 있었다.

현일은 즉각 자신이 만든 맥시드의 팬 카페를 접속해 보았다.

지윤아, 왜 머리 잘랐니? 생머리가 훨씬 예뻤는데. ㅠㅠ

ㄴ동감.

여고생 같아서 좋은데요? ㅎㅎ 풋풋하고. 아, 원래 여고생이었지.

이제 다른 멤버로 갈아타야 할 듯.

음, 아이돌은 밥 먹듯이 스타일을 바꾸는데 슬슬 헤어도 바꿀 때가 되지 않았나?

헤어 디자이너 파업했음? ㅋ

차라리 가발 쓰고 나오는 게 나을 것 같네요.

매너 채팅 하세요. 특히 한지윤 까면 카페 매니저한테 강제 탈퇴당하는 수가 있음. 벌써 숙청당한 사람 많다고 소문남.

ㄴ카페 매니저가 한지윤 팬인 듯.

ㄴㅇㅇ 거의 확실.

'강퇴를 많이 하긴 했는데… 벌써 소문이 났나.'

오해는 저들의 몫이다.

한지윤에 대한 댓글을 특히 더 관리하는 건 사실이다.

그녀가 다른 멤버보다 멘탈이 약해서이다.

그래서 언제나 그녀를 위로해 주는 것은 현일의 몫이었다.

일명 1 : 1 멘탈 케어 시스템이다. 꾸준히 GCM엔터테인먼트를 먹여 살릴 최초의 아이돌 그룹이니 그 정도는 해줄 용의가 있다.

"지윤아, 댓글 따위는 신경 쓰지 마."

"……."

"분명히 팬들도 좀 더 익숙해지면 좋아할 거야."

"그럴까요?"

"그렇다니까."

"고마워요."

"뭐가 고마워. 해준 것도 없는데."

한지윤은 고개를 저었다.

"아니에요. 작곡가님이 저에게 해주신 게 얼마나 큰데요. 절 가수로 만들어주셨잖아요. 또 이렇게 힘들 때마다 상담도 해주 시고, 그리고……."

"그리고?"

그녀의 얼굴이 발그레해졌다.

"그냥 고맙다고요."

"나야말로 몇 마디 나눈 걸로 멘탈 챙겨줘서 고맙지. 아니다. 내가 이번엔 진짜로 뭔가 해줄게. 일부 몰지각한 팬들의 헛소리 를 쏙 들어가게 만들 묘책이 있으니까."

좋은 생각이 떠올랐다.

그녀가 두 눈을 동그랗게 뜨고 고개를 갸웃거렸다. 그 모습 이 무척이나 귀엽다는 생각이 들었다.

"묘책이요? 뭐예요?"

"다른 멤버들 지금 뭐 해?"

한지윤이 혼자서 찾아오면 언제나 묻는 말이다.

"유림이랑 채린이는 촬영 중이고, 수영이는 곧 올 거예요."

"그럼 다른 멤버들한테 전해. 전부 다 단발로 자르라고."

           *   *   *

맥시드의 숙소.

하루 일과를 마치고 꿀잠에 들기 전, 멤버들과 수다를 떠는

즐거운 시간.

한지윤은 현일에게 들은 말을 멤버들에게 전달해 주었다.

"뭐어?!"

"왜 그래야 하는데?"

"작곡가님이 그렇게 하라고 하셔서."

"난 지금 이 머리가 좋단 말이야."

맥시드는 저마다 한마디씩 자기 나름의 의견을 토로했다.

김채린이 거들었다.

"그래도… 회사 사장님이 하라는데 뭐 어쩌겠어. 우린 그냥 따라야지."

"얼씨구? 김채린 너는 그렇게 앙칼진 지지배가 사장님 이름만 나오면 고분고분해진다?"

김수영이 태클을 걸었다.

"사장님이잖아. 네 말대로."

"너 최 사장님 좋아하냐?"

"뭐?"

"야!"

"왜 그렇게 소리를 질러? 그럴 수도 있는 거지. 다 이해하니까 걱정 마."

"어디 가서 말하면 안 된다?"

"어쭈구리? 진짜였어? 대박! 어쩐지 만날 작곡가님~ 작곡가님~ 우리 작곡가니임 하고 입에 달고 살더라니."

김수영이 김채린을 우스꽝스럽게 따라 하자 김채린의 얼굴이 붉어졌다.

"이, 이게……! 내, 내가 언제 그랬어?!"

김채린이 김수영의 손목을 붙잡았다.

"당황한 것 좀 봐. 내가 너무 정곡을 찔렀나?"

"절대 말하면 안 돼? 빨리 새끼손가락 걸어."

"알았어. 알았다니까."

"큭큭."

"……."

민유림은 둘이 툭탁거리는 것을 보며 작게 웃었지만 한지윤은 안절부절못하며 김채린의 눈치만 볼 뿐이다.

그녀는 무의식적으로 맞잡은 자신의 두 손을 더욱 꽉 움켜쥐고 꿀꺽 침을 삼켰다.

'안 되는데…….'

경쟁자가 한 명 생겨나는 순간이었다.

그 외에도 숨어 있는 경쟁자가 한 명 더 있다는 것을 그녀가 알게 될지는 모를 일이다.

민유림이 그런 그녀를 보았지만 대수롭지 않게 생각했다.

'쟤는 원래 저러니까.'

그녀가 한지윤에게 물었다.

"지윤아, 근데 머리를 짧게 자르라는 이유가 뭔데?"

논제는 돌고 돌아 원점으로 돌아왔다.

"다음 맥시드의 콘셉트라고 하셔서."

"단발이?"

"응. 노래 제목도 짧은 머리일 거야. 아마도."

"아마도?"

"일단은 가제라고 하셨으니까."

"아~"

민유림은 알겠다는 듯 고개를 끄덕였다.

제목 같은 것에 일일이 신경 쓰기 싫어하는 현일의 특성상 가제가 그대로 제목으로 굳혀질 가능성이 높았다.

"근데 그거 타이틀곡인가 봐? 콘셉트도 바꾸고. 벌써 그럴 때가 된 건가?"

"시간 참 빠르다. 우리 데뷔한 게 엊그제 같은데."

"너 꼭 무슨 아저씨들처럼 말한다?"

"큭큭, 작곡가님 같아."

"그게… 조만간 뮤직 스테이션에 갈 수 있을 것 같다고 말씀 하셨거든. 확실한 건 아닌데… 하여튼 가기 전에 신곡 하나 발 표하고 갈 생각이신 것 같아."

민유림의 눈이 번쩍 뜨였다.

"뭐? 뮤직 스테이션? 진짜로?"

"응."

"그게 뭐길래?"

"넌 어째 아는 게 하나도 없니, 김수영?"

"난 공부밖에 안 해서 그런 거 잘 모른단다."

"웃겨."

"아, 다 필요 없고, 이제부터 제발 하이힐만 안 신었으면 좋겠다!"

"맞아, 나 그것 때문에 물집 잡혔잖아."

"작곡가님한테 부탁드려 봐."

"어휴, 너는 24시간 최 사장님 생각만 하니?"

"사장님이라고 하지마. 작곡가라고 불러주는 걸 더 좋아하시니까."

"네에~ 네에~"

김수영이 또다시 김채린의 흉내를 냈다.

"아~ 현일 씨~ 이 소녀의 사랑을 받아주시어요~"

"이, 이게 진짜!"

"풉, 아하하하하!"

"……."

                    *   *   *

'아오, 그냥 확 전화를 해?'

현일은 고민 중이었다.

여러 가지 일이 촘촘히 쌓여 있는 탓이다.

여느 때처럼 전화기를 들어 김성아에게 연기를 부탁하고 싶었지만 이번만은 부탁하기가 쉽지 않았다.

그녀에게 뭐라고 해야 될까.

자신을 유혹해 보라고?

그건 조금 힘들 것 같았다.

물론 그녀가 자신의 부탁을 거절할 것 같지는 않지만, 그렇게 되면 정말 끈적끈적한 노래가 나올 것 같았다.

그리고 고지식한 김원호 후보는 그 노래를 채택하지 않을 것이다.

아무리 고 등급의 노래가 나와 봤자 당사자가 쓰지 않겠다고 하면 꽝이다.

'내가 미쳤지.'

지금 하나를 해결해도 시원찮을 판국에 제 스스로 일거리를 만들고 말았다.

'일단 급한 것부터 해결한다.'

현 상황에서 가장 시급한 것.

'냉장고에 콜라가 없다!'

당분이 부족해서 머리가 잘 안 돌아가는 게 분명했다.

현일은 즉시 인근의 편의점으로 달려갔다.

그러면서도 생각을 멈추지 않았다.

'과연 김성아의 연기만이 나에게 영감을 불어넣어 주는 요소일까?'

그러나 현일은 이내 고개를 저었다.

그렇지 않다고 믿고 싶었다. 아니, 절대 그럴 리가 없었다.

어디에서든 영감을 찾을 수 있는 게 자신의 능력 아니던가.

그리고 그것은 지금 편의점에서 엄마에게 새로 나온 뽀로로 인형을 사달라고 떼를 쓰는 저 아이만 봐도 알 수 있었다.

"으앙! 저거 사줘! 사달란 말이야!"

"자꾸 그렇게 떼쓰면 저 형아가 이놈! 하면서 혼낸다?"

물론 '저 형아'는 현일이다.

그러자 그 아이는 현일을 보더니 더욱 크게 울음을 터뜨렸다.

"으아아아앙!!"

'음, 남자친구에게 명품 가방을… 이 아니라 사랑을 달라고 떼를 쓰는 가사로 곡을 한번 써볼까? 분위기는 명랑하게, 콘셉트는 귀엽게.'

하지만 지금은 쌓여 있는 일이 많다.

현일은 고개를 저어 상념을 털어내고 바로 음료수 냉장고로 다가갔다.

습관적으로 평소 마시던 콜라를 집으려던 현일의 눈에 2+1 행사 중인 에너지 드링크가 보였다.

'며칠 밤새지, 뭐.'

진열된 에너지 드링크값을 계산하고 밖으로 나왔다.

'결국 사주는군.'

언뜻 보니 바닥에 누워서까지 떼를 쓰는 아이의 근성을 이길

수 없었는지 아이 엄마는 마지못해 5만 원 상당의 대형 뽀로로
인형을 계산하고 있었다.

다시 빠르게 회사로 달려온 현일의 눈에 잠시 쉬고 있는 김
성재가 보인다.

현일은 문득 떠오른 생각을 그에게 넌지시 던져보았다.

"형, 우리나라에서 뮤지션이 오를 수 있는 최고의 무대가 어
딘 것 같아요?"

"글쎄……."

"역시 좀 어려운 질문이죠?"

"그냥 뮤지션이라고 하면 너무 넓고, 비록 최고의 무대는 아
니지만 대중 가수가 가장 오르기 힘든 무대라고 하면 하나 있
지."

현일의 눈이 번쩍 뜨였다.

"뭔데요?"

"음악의 전당."

"아!"

그야말로 10년 묵은 비염이 한 큐에 싹 낫는 기분이 들었
다.

'내가 왜 그 생각을 못했을까.'

현일은 즉시 겉옷을 챙겨 입었다.

"저 좀 나갔다 올게요!"

"어디 가게?"

＊　　　　＊　　　　＊

국립중앙박물관 미술 전시회관.

음악의 전당 하면 떠오르는 것이 음악이라면 미술은 박물관
이다.

'당장 루브르박물관에 갈 수는 없어도 국립중앙박물관이 있
으니까.'

가는 날이 장날이라고, 그곳에 도착하니 마침 기획 전시회가
열리고 있었다.

입장료를 내고 들어가니 가이드가 친절하게 안내해 주겠다
고 했지만, 지금 현일의 옆에는 제법 괜찮은 가이드가 따라왔기
에 사양했다.

김성재가 입을 열었다.

"미술 좀 알아?"

"아뇨. 하나도 모릅니다. 형은요?"

"대학 다닐 때 미대 애들이랑 술 좀 마셨지. 딱 그 정도야."

이런저런 이야기를 하면서 박물관을 돌아다니는 두 사람이
다.

음악에 관해서라면 나름 한 끗발 날린다고 자부할 수 있는
현일이지만 미술에 대해서는 영 문외한이었다.

계속 이리저리 주위를 걸어 다니며 벽에 걸려 있는 미술품을

보았지만 딱히 현일의 시선을 끄는 게 보이지 않았다.

그러고 있자니 김성재가 한 가지 제안을 했다.

"초현실주의 전시실에 가보는 건 어때?"

"초현실주의요?"

"마침 기획 전시회잖아. 난 초현실주의가 우리 같은 작곡가한테 꽤나 영감을 줄 수 있을 거라고 생각하는데."

"그럼 가죠."

*   *   *

유권자들이 김원호 후보에게 표를 던져줄 만한 생각이 들게 하는 무언가가 필요했다.

'그래, 그때 그 편의점에서의 아이처럼 말이야.'

바닥에 누워서 떼를 써서라도 뽀로로 인형을 기어코 손에 넣고야 말겠다는 그때 그 아이의 눈빛을 현일은 보았다.

'떼를 써서라도 표를 던지게 만든다.'

그렇게 각오를 다지고 초현실주의 기획 전시실로 가니 다행히도 현일의 이목을 단번에 잡아끄는 작품 하나가 보였다.

'저거다!'

그림에서 영롱하고 푸른 아우라가 회관 내에 퍼지고 있는데 이목이 안 끌릴 수가 없다.

'역시 내 예상이 틀리지 않았다.'

현일은 곧바로 가까이 다가갔다.

'내 휴대폰이······.'

사진을 찍기 위해 주머니를 뒤적거리는데 별안간 사진을 찍지 말라는 표지판이 눈에 들어와 현일은 입맛을 다셨다.

어차피 인터넷에서 검색하면 나올 테니 별 상관은 없지만 말이다.

"네가 찾던 게 이런 거야?"

"네. 정확히 찾던 거라고 하기는 힘들지만… 말로 설명하기가 힘드네요. 하여튼 이런 걸 원했습니다."

그림의 주변에서 푸른 파장이 나온다고 말할 수는 없는 노릇이다.

하여튼 초현실주의라 그런지 그림은 사뭇 해괴하다고 할 만했다.

중앙에 50% 이상의 크기로 자리 잡은 꼬마의 눈에서는 일곱 빛깔의 형형색색 눈물이 흘러내리고 있고, 책상의 벽시계는 흐물흐물 녹아내리고 있었다.

'맞아. 시계는 이젠 정말 결정할 시간이 없다는 걸 나타내고, 아이의 눈물에선 우리가 후대에 물려줄 이 나라를 지도할 사람을 제대로 뽑읍시다, 뭐 그런 식으로 하면 되겠다.'

[유명 화가의 명작 미술품으로부터 영감을 얻었습니다.]
[새로운 곳에서 영감을 발견했습니다.]

[에픽 등급의 음악을 작곡할 확률이 50% 상승합니다.]
[유니크 등급의 음악을 작곡할 확률이 5% 상승합니다.]
[전설 등급의 음악을 작곡할 확률이 0.5% 상승합니다.]
[위 메시지의 효과는 앞으로 항상 적용됩니다.]

'…내가 헛것을 본 건가?'

영구적으로 적용되는 작곡 능력의 상승효과였다.

이런 건 이전까지 들은 적도 본 적도 없었다.

예술은 통한다.

그 한마디로밖에 설명할 수 없었다.

아무튼 현일은 이내 정신을 차렸다.

그림을 차분히 감상하고 떠오르는 메시지를 보며 씨익 웃은
뒤 김성재의 어깨를 툭툭 두드렸다.

"고마워요, 형."

"내가 한 게 뭐가 있다고?"

"아뇨. 형 아니었으면 절대 못 찾았을 거예요. 한 게 없는 것
같으면 가사라도 써줘요. 하하하!"

"그러지."

"농담이었는데? 형, 가사 잘 써요?"

"선거운동에 쓰이는 노래 가사야 다 거기서 거기지, 뭐. 그렇
다고 대충 쓰겠다는 말은 아냐."

현일은 엄지를 척 올려 보였다.

"역시 성재 형입니다."

김성재가 피식 웃으며 농담조로 대답했다.

"월수입 억대 작곡가로 만들어준 게 누군데 이 정도는 해줘야지."

"오늘 같이 술 한잔해요."

"최 사장님께서 사시는 거죠?"

"물론입니다, 월수입 억대 작사가님. 하하하!"

*   *   *

[에픽 등급의 음악을 작곡하셨습니다.]

[특정 후보를 뽑아야 한다는 감정을 잘 표현하였습니다.]

[이 음악을 듣는 사람은 특정 후보에게 호감을 갖게 될 것입니다.]

[이 음악을 선거운동에 사용한다면 지지율에 적지 않은 변동이 있을 것입니다.]

[일부 상대 후보를 지지하는 유권자의 마음을 돌릴 수 있을 것입니다.]

[일부 투표권이 있는, 하나 투표권을 행사하지 않는 사람들을 투표장으로 발걸음을 옮기도록 만들 수 있을 것입니다.]

본격적으로 선거운동이 시작되는 날이 바로 내일이다.

현일은 늦기 전에 음악을 만들어 바로 김 후보에게 가져다 주었다.

"오, 솔직히… 못 미더웠는데 그런대로 쓸 만하군. 자네, 아주 마음에 들어."

그게 음악을 들어본 김 후보의 첫 평이었다.

*　　　　　*　　　　　*

룸살롱.

"캬~ 일은 잘돼가고 있겠지?"

이제 본격적으로 선거운동을 시작하는 때가 되었다.

그런데 선거운동에 가장 앞서서 자신을 홍보해야 할 당사자인 이 후보는 룸살롱에서 접대를 받느라 여념이 없었다.

아마도 국회의원 그릇은 아닌 것 같았다.

"걱정하실 것 없습니다, 후보님. 신 후보가 알아서 떨어져 나가준 덕분에 이제는 명실상부한 국회의원이 되실 겁니다."

"그렇지. 그러니까 내가 이렇게 여유가 있는 거 아니겠나? 하하하!"

이 후보가 너털웃음을 터뜨리고는 말을 이었다.

"당장에야 김원호 그 양반이랑 근소한 차이로 지지율 1등을 유지하고 있다곤 해도 그 녀석은 무소속이야. 당의 서포트를 탄탄히 받는 이 나의 상대가 될 수는 없지. 암, 그렇고말고."

"맞습니다, 의원님."

"여당, 야당이 대통령 후보로 기호 1번에 바보, 기호 2번에 멍청이, 기호 3번에 천재가 나와도 국민은 1번이나 2번을 찍게 돼 있어. 한데 김 후보가 별수 있겠나?"

"지당하십니다, 의원님. 이번 일만 잘되면 우리 회사 팍팍 밀어주시는 겁니다?"

"두말하면 잔소리지! 하하하하!"

이 후보는 호탕하게 웃으면서 슬쩍 옆에 앉은 여자의 다리를 쓰다듬었다.

"꺅!"

이런 곳에 익숙하지 않기에 비명을 지르며 당황한 그녀는 저항하려고 했지만, 앞자리에 앉은 남자가 가만히 있으라는 눈치를 보내왔다.

남자는 BHS엔터테인먼트 사람이었고, 이 후보 옆에서 술을 따르는 여자는 BHS 소속 연습생인 유세진이었다.

'그냥 옆에서 술만 따라주면 된다고 들었는데⋯⋯.'

이런 일이 있을 거라곤 상상도 못 한 그녀이다.

이 후보는 계속해서 유세진의 다리를 더듬거리면서 음흉한 눈으로 그녀의 몸을 아래위로 훑었다.

유세진은 전신에 바퀴벌레가 기어 다니는 느낌을 받으며 수치심에 몸을 떨었다.

'이, 이런 건 싫어!'

잠시 후, 이 후보의 전화기가 울리자 유세진을 만지작거리던 손이 멈추었다.

　그는 화면에 띄워진 이름을 보고는 인상을 찌푸리더니 고급 양주가 담긴 술잔을 단번에 비우고 전화를 받았다.

　"무슨 일이야? 내가 오늘은 이 시간에 전화하지 말라고 했을 텐데?"

　―후보님, 소식 들으셨습니까?

　전화기 너머로 흘러나오는 목소리는 상당히 다급해 보였다.

　"거참, 뭔 일인데 그래?"

　―김 후보의 지지율이 갑자기 상승하고 있습니다.

　그러자 이 후보는 뭘 그런 걸 다 일일이 보고하냐는 듯 인상을 찌푸리며 술잔을 기울였다.

　"겨우 그거 알려주려고 전화한 건가? 그냥 일시적인 현상일 뿐이야. 더 할 말 없으면 이만 끊도록 하게."

　―그, 그것이… 이미 이 후보님을 상당히 추월한 상태입니다.

　그 말에 이 후보는 입안 가득 머금고 있던 술을 맞은편의 남자에게 뿜어버렸다.

　"푸흡! 뭐, 뭣이?!"

　그는 양주에 흠뻑 젖어버린 남자는 신경도 쓰지 않고 전화기에 대고 소리쳤다.

　"도대체 어떻게 된 거야?!"

　―…잘 모르겠습니다.

그러자 이 후보는 고래고래 소리를 질러댔다.

사실 전화기 속 남자는 짐작되는 이유가 있었지만, 차마 그이유를 말하기가 힘들어 참고 있었다.

그러나 계속되는 이 후보의 고함에 그는 입을 열 수밖에 없었다.

—그게… 아무래도 선거 홍보 음악 때문인 것 같습니다.

"뭐? 지금 장난하자는 거야?!"

—…….

계속해서 이 후보는 소리를 질러댔지만 무슨 할 말이 있겠는가. 사실인 것을.

"뭐라고 말 좀 해봐!"

—뉴스 보십시오.

[김원호 후보 지지율 순식간에 5% 이상 상승. 원인은 선거 송?]

—선거운동이 시작된 후 김 후보의 지지율이 이 후보를 넘어 5%가량 상승했다고 합니다. 이는 본국 언론의 여론조사 때보다 8%가량 높은 수치로서 여러 가지 이유 중에서도 대표적으로 꼽히는 것은 신 후보의 출마 포기, 그리고 선거 송으로 알려졌는데요, 이 선거 송은 부르기 쉽고 비트가 독특해 유튜브에서도 많은 네티즌의 커버 곡이 실시간으로 업로드되고 있습니다.

이 후보에게 전화를 한 사람도 시내를 돌면서 어처구니가 없을 정도였다.

그 노래를 흥얼거리는 사람이 거리마다 보일 정도였다.

이 후보 맞은편의 남자는 손수건으로 얼굴의 양주를 닦으면서도 아연실색한 표정을 감추지 못했다.

"그, 그럼 어떻게 되는 겁니까? 우리 회사의 영화 추진 사업은……?"

"……."

이 후보의 맞은편의 남자가 조심스레 말을 꺼냈지만 그는 들은 체도 하지 않았다. 지금 그에겐 무슨 말이든 소음으로밖에 들리지 않았다.

그는 결국 자리를 박차고 일어나 나가 버렸다.

　　　　*　　　　　*　　　　　*

MBC 방송국 근처 카페.

윤 이사와 현일은 커피를 마시고 있었다.

현일의 요청대로 MBC에서는 최대한 중도적으로, 그러면서도 약간 김 후보에게 유리한 보도를 했기에 김원호가 정말 국회의원에 당선된다면 그 덕을 톡톡히 볼 수 있을 것이다.

지지율만 봐도 이미 확정된 것이나 다름없었다.

윤 이사가 커피 한 모금을 들이켜며 입을 열었다.

"생각보다 잘됐네요."

"훨씬 잘됐죠."

"그렇습니다. 그런데… 조심스러운 말입니다만……."

윤석진이 말꼬리를 흐리며 뜸을 들였다.

지지율의 변화에 모종의 무언가가 있다고 생각하는 것 같았다.

"말씀하세요."

"어떻게 한 겁니까?"

"별거 없습니다. 보이는 게 답니다."

"노래요?"

"네. 저는 음악에 사람의 마음을 움직이는 힘이 있다고 믿습니다. 생전 모르는 사람이라도 그 사람에 대한 노래를 듣고 따라 부르다 보면 알게 모르게 작은 호감이라도 생기게 마련이니까요. 이번엔 운이 더 좋았고요. 특히 작사가의 역할이 컸죠."

현일은 그럴듯하게 말하면서 은근슬쩍 화제를 돌렸다.

그러자 윤석진이 눈을 크게 뜨면서 메모장을 꺼냈다.

기사로 쓸 소재를 찾은 모양이다.

"저도 들어봤습니다. 요즘 선거철이니 온 동네마다 그 노래가 들리니까요. 확실히 가사가 입에 착 감기고 따라 부르기가 정말 쉽더군요. 음정이나 박자도 중독적이고요. 어쩌면 다음 대통령 선거 때는 정말 여러 작곡가의 몸값이 올라갈지도 모르겠습니다. 하하하!"

현일은 윤석진의 말대로 되길 바랐다.

선거운동을 위해서 원래 있던 곡을 쓰는 게 아닌, 정말로 정치인들이 작곡가에게 의뢰하는 시대 말이다.

물론 작곡가들이 정치에 물드는 일은 생기지는 말아야 하겠지만 지금 음악 저작권자들이 자신들의 권익을 보호받을 수 있도록 그들에게 요구할 수 있을지도 모른다.

"그러고 보니 다음 대선이 코앞이네요. 엄청 바쁘시겠습니다."

"말도 마십쇼. 요즘 주위에서 엄청 시끄럽습니다."

"MBC는 어느 쪽 라인입니까?"

"박주완이죠."

현일은 잠시 생각에 잠겼다.

'18대 대선은 박주완이 진다. 지지율의 차이는 대략 3%에서 4% 정도였던 것 같은데.'

현일은 대선 결과를 알고 있었지만 말을 아끼기로 했다.

정치엔 별로 관심이 없지만, 만약 어떤 식으로든 도와준다면 분명히 얻어가는 게 있을 것 같았다.

현일에겐 SH에 대적할 힘이 필요했고, 그 힘은 크면 클수록 좋을 것이다.

아무튼 그 외에도 윤석진은 여러 가지 말을 현일에게 던졌다.

현일은 성심성의껏 하나하나 답해준 후 그와 헤어지고 회사로 돌아갔다.

회사 연습실.

연습실에 들어서니 춤 연습에 몰두하고 있는 맥시드의 모습이 보인다.

김채린이 제일 먼저 인사를 해왔다.

한지윤은 그런 그녀의 모든 행동이 신경 쓰였다.

"우리 뮤직 스테이션 언제 가요?"

민유림이 물었다.

"일단 짧은 머리 먼저 발표한 다음에 가게 될 것 같다."

"아……!"

"왜? 뭐 아쉬운 거라도 있어?"

"기다릴 수가 없어서요. 당장에라도 일본으로 날아가고 싶은 마음이에요."

"조금만 기다려. 너희들 고등학교 1학년 때 목표가 다 SKY였지? 그런데 이제 곧 있으면 수능이야. 시간은 금방 가. 순식간이야."

현일은 자신의 경험을 이야기했다.

생각해 보면 남들처럼 좋은 대학에 들어가고 싶었고 좋은 직장에 취직하는 꿈을 꾸던 10대의 소년이 어떻게 작곡가가 되었고 한 회사의 사장이 되었는지 새삼 놀라울 따름이다.

역시 사람의 미래는 모르는 거다.

살아봐야 알 수 있다.

"그러게요. 저도 곧 있으면 어른이네요."

김채린이 그렇게 말하며 묘한 미소를 지어 보였다.

"제 꿈은 가수였는데요. 어릴 때부터."

김수영이 태클을 걸었다.

"음, 그러니까 네가 계속 학생이었으면 그랬을 거란 얘기지. 하여튼 뮤직 스테이션은 원래의 일정보다 좀 늦추기로 했어."

"왜요?"

"스페셜 방송 노리려고."

"스페셜 방송?"

"뮤직 스테이션의 한 주 방송이 어떤 사유로 밀리게 되면 다음 주에 두세 시간 몰아서 하는데 그걸 스페셜 방송이라고 해."

민유림이 눈에 이채를 띠었다.

"그럼 그 무대에서 더 오랫동안 공연할 수 있는 거예요?"

"그건 아니고, 우리 회사에 너희들만 있는 건 아니니까."

긴 시간 동안 공연하는 스페셜 방송이라면 맥시드 외에도 두 팀을 한 회 분량에 몰아서 공연할 수 있을 것 같았다.

물론 무라카미 프로듀서와 협상을 해야 하겠지만 말이다.

그리고 그 두 팀은 MMF와 이하연으로 이미 현일의 마음속에 생각해 두고 있었다.

애초부터 해외를 겨냥하고 키운 가수들이니 뮤직 스테이션은 도약할 디딤돌이 되어줘야 한다.

현일이 노리는 게 바로 그것이었다.

"그건 그렇고, 우리 하이힐 그만 신으면 안 돼요? 발이 너무 아파요."

민유림이 투정을 부리자 다른 멤버들이 동의한다는 듯 고개를 끄덕였다.

"알았어. 담당 코디한테 말해둘게. 운동화면 되겠지?"

"네!"

맥시드의 얼굴이 밝아졌다.

"예, 작곡가 최현일입니다."

─작곡가님, 우리 회사에서 이번에 기획 중인 끝내주는 작품이 하나 있는데…….

"네. 방송국에 직접 투고하시고 꼭 결과를 알려주셨으면 좋겠습니다. 기대하겠습니다."

뚝.

MK엔터테인먼트 사장의 집무실 앞.

현일은 민경우 사장의 집무실 문을 열고 들어갔다.

이내 현일을 발견한 민 사장은 비서에게 축객령을 내리고 문이 닫힌 것을 확인한 다음 커피 두 잔을 들고 현일과 마주 앉았다.

현일이 먼저 입을 열었다.

"부르셨더군요."

"이렇게 와주셔서 감사합니다. 우리 둘 다 바쁜 입장이니 본론부터 말하겠습니다."

"김성아 얘깁니까?"

"크흠, 그러니까 제가 하고 싶은 말은 김성아를 뮤직 스테이션에 올려주면 안 되겠느냐 이 말입니다."

현일은 조용히 민 사장의 말을 들으며 그가 손수 타준 커피를 한 모금 들이켜고 테이블에 내려놓았다.

민 사장이 현일에게 부탁해 왔다.

좋게 말하면 부탁이고 나쁘게 말하면 청탁이다.

물론 이 정도는 약과에 속한다.

대체 어떻게들 알았는지 윤석진과 개인적인 친분을 갖게 된 뒤로 현일에겐 너나 할 것 없이 청탁이 끊임없이 들어왔다.

영화 제작사, 드라마 제작사, 연예 기획사, 언론인, 시나리오 작가 등등 셀 수 없이 윤 이사와 줄을 대기 위해 접근한 탓에 현일은 청탁이라면 이골이 나 있는 상태였다.

"그건 성아의 부탁입니까, 아니면 민 대표님의 부탁입니까?"

"MK엔터테인먼트의 이름으로 부탁드리는 겁니다."

현일은 고개를 끄덕였다.

민 사장이 자신에게 전화를 했을 때부터 대충 무슨 얘기를 할지 짐작은 하고 있었다.

언젠가 김성아가 은근히 자신도 뮤직 스테이션에 데려가 달라는 의사를 표현하기도 했지만 직접적으로 말을 한 적은 없다.

현일은 기억을 되짚었다.

윤 이사와 김성아, 그리고 자신이 함께 있을 때 김성아가 자신을 바라볼 때의 그 간절한 눈빛.

연기자보단 가수로서의 꿈을 더욱 키우고 싶다는 염원이 담겨 있었다.

그러나 어느 가수가 그런 꿈을 가지고 있지 않겠는가.

그건 대한민국 수십만 가수 지망생들의 꿈이나 마찬가지다.

"성아가 선배 아닙니까? 선배의 발자취를 나중에 후배들이 따라가는 것도 큰 의미가 있을 겁니다."

민 사장의 궤변이다.

어떻게든 김성아를 뮤직 스테이션에 보내고 싶은 모양이다.

현일은 자신의 생각을 솔직하게 이야기하기로 했다.

"성아는 가수라면 누구에게나 있는 연습생 시절도 안 거쳤죠."

"네, 그렇죠. 하하하!"

그러자 민 사장의 표정이 환해졌다. 현일이 그녀의 재능을 인정하고 있다고 생각하는 모양이다.

"하지만 연예계에서는 선배일지 몰라도 저희 회사에서는 막내 신참이나 마찬가집니다. 성아가 없어서 하는 말이지만 성아

를 가수로 만들어준 건 민 대표님도, 성아 본인의 재능도 아닙
니다. 제가 만들어준 겁니다."

김성아는 아역 배우였으니까 어린 시절부터 연습생 생활을
거쳤어도 연기자가 기본적으로 트레이닝 받아야 할 발성 연습
정도밖에 받지 않았을 것이다.

가수 연습생이 받는 그것과는 격이 다르다.

한데 김성아가 그런 재능이 있는 것처럼 보이니 민 사장이
저렇게 착각하는 것 같았다.

이참에 현일은 아예 선을 그을 작정이다.

가수 김성아는 MK엔터테인먼트가 아닌, 자신이 만들어준 거
라고.

'사람 대 사람이 아니라 기업 대 기업으로 만나는 거니까.'

하지만 민 사장이 김성아에게 목을 매는 이유도 나름 사정
이 이해가 되었다.

'MK엔터는 말 그대로 김성아 하나로 매출을 올리는 회사니
까.'

이런 회사는 한 번 번쩍할 뿐 미래가 없을 것이다.

그 사실을 누구보다 잘 알고 있는 민 사장이기에 신입 연예
인을 적극적으로 키우려고 하고 있지만, 시쳇말로 듣보잡 연예
기획사에도 오디션을 보러 오는 연예인 지망생이 차고 넘친다.

그리고 기획사에 오디션을 보러 오는 지망생 중 절반은 말만
지망생이고 실상은 유명 연예인 얼굴 한번 볼 수 있을까, 사인

하나만 받을 수 있을까 싶어서 오는 애들이고, 40%는 SH 같은 대형 기획사는 쟁쟁한 실력을 가진 경쟁자가 너무 많아 안 될 것 같으니까 타협한 애들이다.

그리고 9%는 분명 가능성은 있는데 어느 한 부분이 부딪친다.

실력은 있는데 부모의 극렬한 반대에 시달린다든지, 학생으로서의 공부와 연예인으로서의 길 사이의 갈등이라든지 그런 것들 말이다.

마지막 1%만이 진정으로 자신의 꿈을 좇는 아이들이다.

그리고 그 1% 중 대부분을 메이저 기획사에서 다 데려가고 나머지를 두고 중소 기획사들끼리 혈투를 시작한다.

MK 또한 그런 실정이고.

그렇기에 어떻게든 김성아로 최대한 이익을 창출하려는 것이다.

그녀는 명실상부한 대한민국의 톱스타니까. 수익을 얻을 방법이 무수히 많으니까.

"보컬 트레이닝이라도 해주시는 겁니까?"

민 사장의 질문은 충분히 예상할 수 있는 범위였다.

아무래도 현일이 작곡하는 노래엔 특별한 힘이 있다고 생각하는 사람은 없을 테니 말이다.

"전 특정 가수에게 맞는 최적의 음과 박자를 제공하기 위해 항상 노력합니다. 물론 성아의 노력도 없다고는 할 수 없지만 아마도……."

"아마도……?"

"제가 준 게 아닌 다른 노래를 부를 땐 그렇게까지 잘 부를 수 없을 걸요."

"……."

그 사실을 이미 알고 있는 민 사장은 고개를 끄덕일 수밖에 없었다.

신기하게도 현일이 준 노래를 부를 땐 그렇게 아름다운 목소리가 있을 수가 없었다.

한데 다른 노래만 시키면 그렇게 안 된다. 그래서 방송에서 다른 사람의 노래를 부르지 말라고 당부해 뒀다.

"그럼 뮤직 스테이션은 손 떼라 이 말씀이시군요."

민 사장의 가시 돋친 말에 현일은 슬슬 본론을 꺼낼 때가 됐다고 생각했다.

"그곳에 보낼 수는 없지만, 다른 무대는 어떻습니까?"

*   *   *

영서가 다니는 대학교의 총학생회실.

바야흐로 대학 축제날이 머지않았다.

'형한테 하연이를 깜짝 공연에 서게 해달라고 해볼까? 부탁해 봐야지.'

이하연이 스타가 된 탓에 요새 통 만날 기회가 없어 자신의 그녀를 그리워하는 영서였다.

물론 대외적으로는 감춰진 비밀 연애지만 말이다.

학생회 부회장이 서류 몇 장을 영서에게 주며 말했다.

"영서야, 이것 좀 볼래?"

"네."

영서는 건네받은 서류를 차분히 훑어봤다.

부회장이 요점을 짚어주며 말했다.

"여기 화장품 회사 부스 제공 건 있지? 그 회사에서 하루 자릿세로 오백만 원 지급하기로 했거든?"

"네, 그런데요?"

"회사에 연락해서 장부에 400… 아니다. 350으로 적어달라고 해봐."

"……그럼 나머지 150은요?"

영서가 의문을 표하자 부회장이 어깨동무를 하며 조용한 목소리로 말했다.

"영서야, 너도 학생회 간부 아니냐? 이 비싼 등록금 시대에 우리도 서서히 미래를 준비할 때가 된 것 같다고 생각하지 않아?"

"하, 하지만……."

부회장이 영서의 말을 가로채며 등을 팡팡 두드렸다.

"아, 설마 회사에서 그걸 납득할지 걱정하는구나? 괜찮아, 인

마. 우리 대학이 무슨 지잡대도 아니고, 각종 회사들이 우리 대학 축제에서 한 부스 차지해 보려고 혈안이 돼 있는 상태야. 무슨 말인지 알지?"

즉 우리 함께 비리를 저지르자 이 말이다.

"그러면 회사에서 우릴 안 좋게 볼 텐데요?"

"거참, 우리가 나중에 졸업하면 그딴 회사에 들어갈 거 같아? 그 회사에서 우리를 모셔가겠다고 해도 시원찮을 판국에."

갑의 마인드가 출중하게 마음속에 자리 잡은 부회장이었다.

"……."

"살기 힘든 세상이야. 이렇게라도 하지 않으면 안 된다고. 내 친김에 이것도 다 네가 처리해 봐라."

부회장은 두툼한 서류를 가리키며 말을 이었다.

"혹시 모르지. 운 좋으면 졸업할 때쯤엔 중형차 한 대 뽑을 수도 있어. 벌써 회장님은 BMW 잡지 관찰하고 있더라. 학생회실에 들어가니까 헐레벌떡 그걸 숨기는 꼴이 얼마나 웃기던지. 큭큭. 웃음 참느라 엄청 애썼다니까? 하지만 그걸 누가 뭐라고 하겠냐? 다 먹고살자고 하는 짓 아니겠어? 다 아는 사람들끼리."

"그렇지만 감사위원이 있잖아요? 분명히 들킬 텐데요?"

부회장이 고개를 저었다.

"너 우리 학교 한 학기 축제 비용이 얼마인지 알아?"

"한… 5~6억쯤 되는 걸로 알아요."

"그럼 그 돈이 어디서 나오는 걸까?"

"학생들 등록금이나 회비, 대학 본부의 지원금, 그리고 기업의 후원금 정도가 있겠죠."

"그럼 이것저것 다 합쳐서 1년 총예산이 얼마나 될 것 같은데?"

"글쎄요… 30, 40억쯤 되지 않을까요?"

"아니. 나도 자세히는 모르지만 최소 100억은 넘어."

영서의 눈이 휘둥그레졌다. 고등학교와 대학교의 차이. 분명 단어로는 한 계단의 차이인데 실상은 어마어마했다.

"대학이 그렇게 돈이 많아요?"

"몰랐냐? 그러니까 고려주식회사, 연세주식회사 하는 거지. 물론 그 대학들은 1년 예산만 수백억이 되겠지. 하여튼 내가 하고 싶은 말은 일단 들킬 염려가 없다는 거야. 생각해 봐. 단위가 억이라고, 억! 거기서 조금 떼어가도 아무도 몰라."

"설마요."

"설마는 무슨 설마야. 실제로 여태껏 학생회 간부들은 다 조금씩 떼어먹었다니까. 그래서 걸린 인간 봤어?"

"…아뇨."

"그리고 그것도 다 방법이 있는 거야. 음, 그렇지. 소주 한 병에 얼마냐?"

"천오백 원이죠."

"식당에서 사면?"

"거의 두 배 이상 비싸던데요."

"근데 그걸 단체로 대량 구매하면 얼마일까?"

"똑같지 않아요? 술인데……."

"아냐, 달라. 단체로 가면 천오백 원밖에 안 해. 보통 너처럼 생각하지. 술이니까, 그리고 술은 국가에서 법적으로 규제하게 돼 있으니까. 그런데 이 영수증 좀 봐."

부회장은 서랍에서 얼마 전 MT에서 식당에 갔을 때 주문한 술값을 계산한 영수증을 들고 와서 보여주었다.

소주 이백 병.

"다 사천 원으로 찍혀 있네요."

"그치? 근데 이거 다 사실 천오백 원에 계산한 거야. 즉 그럼 나머지 오십만 원은 어디로 갔을까?"

영서는 문득 떠오른 의심을 말했다.

"그럼… 설마 일부러 그렇게 많이 산 건가요?"

"자식, 눈치가 빠르네."

그렇다.

대학 MT를 가면 항상 술이나 각종 음식이 남는다.

그리고 그걸 누군가 가져가서 다시 환불한다.

"그런데 그걸 저에게 왜 가르쳐 주는 거죠?"

"이 일에 제법 날리던 놈이 자퇴했거든. 너도 꽤나 영특하니까."

그리고 돈 앞에서라면 사람은 모두 똑같아질 거라고 생각하는 부회장이었다.

그가 씨익 웃었다.

"이윤은 그런 식으로 챙기는 거지. 어때? 구미가 당기지 않아?"

*   *   *

어둡던 민 사장의 표정이 사뭇 변했다.

"다른 무대라고 하심은……?"

"민 대표님은 우리나라 대중 가수가 올라갈 수 있는 최고의 무대가 어디라고 생각하십니까?"

김성재에게도 한 질문이다.

민경우는 잠시 생각해 보는 표정이었으나 그래도 떠올리지 못한 모양이다.

"글쎄요. 딱히 갈피를 잡기가 힘든데요."

"음악의 전당은 어떻습니까?"

"아! 그렇다면 설마?"

"예, 김성아를 음악의 전당에 올릴 생각입니다."

민경우의 눈이 휘둥그레졌다.

"하지만… 거긴 대중 가수가 서기 엄청 힘든 곳 아닙니까? 대중음악계의 역사적으로 봐도 대중 가수로서 올라간 사람은 조영필 한 명밖에 없습니다."

조영필은 1999년 국내 대중 가수 최초로 음악의 전당 오페라홀 콘서트에 올라섰으며, 7년 연속으로 음악의 전당에서 공연한 기록을 가지고 있는 대가수이다.

　그 외에도 수많은 최초 타이틀을 달고 있을 정도로 우리나라 음악계의 살아 있는 전설이다.

　"알고 있습니다. 심지어 인수이의 커리어로도 두 번이나 거절당한 무대죠."

　좌석은 이천여 석 정도로 소규모 무대이지만, 음악 그 자체로 예술이라고 인정받아야 오를 수 있는 곳이다. 대중 가수에겐 그야말로 명예로운 일이 아닐 수 없었다.

　"가능하시겠습니까?"

　민경우의 말이 극존대로 변했다.

　"노력해 봐야죠."

　"……."

　"그래도 안 되면 되게 할 겁니다."

　"잘 부탁드리겠습니다."

　그는 그렇게 말하며 손을 내밀었다. 현일은 그의 손을 맞잡아주었다.

　"아, 아직 성아에겐 말하지 마세요."

　"알겠습니다."

　'깜짝 놀라게 해주고 싶으니까.'

　문밖으로 나가려던 현일에게 민경우가 말했다.

"연예 기획사 대표 몇 명이랑 식사하기로 했는데, 혹시 함께 하시겠습니까?"

"그러죠, 뭐."

대표들이라면 이 업계의 여러 가지 정보가 오갈 것이다.

*　　　　*　　　　*

현일의 작업실.

똑똑.

"사장님, 저예요. 김수영."

"들어와."

그녀는 막 방송을 마치고 온 것인지 무대의상을 입고 있었다.

슬리퍼를 신고 있는 걸 보아하니 하이힐은 오자마자 벗어던진 모양이다.

"안녕하세요."

"그래, 덕분에 안녕하다. 무슨 일이야?"

"저기… 그게 말인데요."

"……?"

"있잖아요."

"뭔데? 뜸들이지 말고 빨리 말해봐. 나 되게 바쁘다구."

그러자 별안간 결심을 한 듯 김수영이 당차게 입을 열었다.

"인센티브 같은 거 좀 주시면 안 돼요?"

"아, 용돈 달라고? 잠깐만."

현일은 지갑을 열어 십만 원을 꺼내주며 농담조로 말을 이었다.

"이걸로 멤버들끼리 맛있는 거 사먹어라. 혼자서 몇 만 원 떼먹지 말고 꼭 십만 원 다 분배해. 나중에 다른 멤버한테 전화해 볼 테니까. 그것도 일종의 횡령이야."

"아니요. 인센티브요. 직원이 받는 보너스 같은……."

그렇게 말하면서도 십만 원은 잽싸게 챙기는 김수영이다.

"뭐?"

현일은 인상을 구겼다.

"후, 회사도 돈 많이 벌었을 텐데. 손익분기점도 다 넘었을 테고요. 아니, 애초에 투자는 SH에서 다했고 우리는 몸만 온 거잖아요. 그리고 솔직히 저 열심히 하지 않았어요? 이건 직원으로서 당연히 요구할 수 있는 권리라고 생각해요."

"그거 진심으로 하는 소리야?"

"네, 진심이에요."

설마 이렇게 당돌한 직원이 있을 거라고는 생각도 못했다.

'저도 좀 떴으니 목소리 좀 높여보겠다 이건가?'

물론 김수영이야 그런 면모를 종종 보인 적이 있다.

"그걸 요구하는 합당한 이유가 있다면 한번 고려해 보지."

"방금 말했잖아요. 회사에 큰 이익을 안겨준 직원의 당연한 권리라고요."

"맥시드는 너 혼자서 하는 게 아니야. 다른 멤버들은 어쩌고?"

"나머지 셋도 다 같이 주면 되죠."

"솔직히 말해봐. 내가 너한테 그렇게 못해줬어?"

현일은 서운했다.

SH에서 키운 아이들을 그대로 가져온 건 맞지만, 그래도 나름 맥시드를 위해 최선을 다하고 있다고 생각하는데 이런 말을 들어야 하다니.

"그건 아니에요. 저도 GCM이 우릴 위해서 노력한다고 생각해요."

"그럼 뭐가 문젠데?"

"그냥… 제가 제공한 노동력에 비해서 정산금이 박한 것 같아요. 하루 여섯 시간 이하로 자면서 방송에 나가는 것도 죽을 것 같아요. 또 방송이 끝났다고 해서 쉬는 것도 아니고 촬영 일정이 안 잡혀 있는 시간은 항상 연습이잖아요. 너무 힘들단 말이에요."

"그래, 무슨 말을 하고 싶은지는 알겠다."

그러니까 결국 정산 비율을 올려달라는 말을 하고 싶은 것이다.

그러나 이미 계약이 되어 있고 차마 그 말을 할 용기는 나지 않아 인센티브로 마음속에서 타협한 모양이다.

현일은 그녀의 심정을 알 수 있었다.

왜 모르겠는가. 아이돌이라는 직업이 그리 만만치 않다는 것을 모를 리가 없는 현일이다.

그들 중에는 그냥 평범한 사람으로 돌아가고 싶어하는 사람도 많았다.

아니, 세상에 만만한 직업이란 거의 있을 수가 없다.

TV에는 항상 그들의 밝은 면만 나온다. 카메라 앞에서는 언제나 팬들에게 웃는 얼굴을 보여줘야 하니까. 그게 아이돌 그룹의 숙명이다.

현일은 곰곰이 생각한 뒤 입을 열었다.

"인센티브는 지급할게. 네 말대로 회사에 큰 이익을 안겨준 그룹인데 그 정도는 해줘야 하는 게 맞는 것 같아. 액수는 한 사장님이랑 상의할 거야."

김수영의 표정이 밝아졌다.

"고맙습니다!"

"하지만 이게 당연한 거라고는 생각하지 않았으면 좋겠다. 어느 기획사를 가도 '아이돌 그룹'에게 인센티브를 지급하는 회사는 거의 없어. 그건 소위 말하는 메이저 기획사도 마찬가지야. 아니, 그런 데가 훨씬 더 심하지. 그런 말 있잖아? 있는 사람이 더한다고."

실로 그렇다. 김수영은 묵묵히 고개를 끄덕였다.

현일은 콜라를 한 모금 마셔 목을 적시고 말을 이었다.

"내가 주겠다고 해서 생색을 내는 것도 아니야. 그냥 현실을 알려주려는 것뿐이고, 네가 아직 학생이니까 세상의 쓴물을 제대로 먹어본 사람으로서 말해주는 거야. 무엇보다……."

"네."

"우리 회사에 서운한 일이 있으면 언제든지 찾아와서 얘기해. 마음속에 담아두지 말고."

"…그럴게요."

방금 전만 해도 그렇게 당차던 김수영은 현일의 훈계 아닌 훈계에 목소리가 기어들어 갔다.

"뮤직 스테이션까지만 최대한 열심히 해줘. 그다음부터는 스케줄 살짝 느슨하게 해줄 테니까."

"…네."

"그럼 이제 그만 가봐."

김수영은 뒤돌아 문을 열고 밖으로 나가기 전 고개를 꾸벅 숙였다.

*   *   *

어느 식당.

연예 기획사 대표끼리의 만남은 고급스러운 레스토랑이 아닌, 누구나 갈 법한 서민식(?) 고깃집에서 이루어졌다.

자리에 모인 기획사의 대표는 현일을 포함해 총 네 명이었다.

로열 더 케이의 진승철, MK의 민경우, 그리고 BVS의 박진수.

일단 그들이 가장 놀란 것은 GCM의 대표로 나온 현일이었다.

겉모습이 이상한 건 아니고 요즘 신성 기획사라 불리는 GCM의 사장이 자신들의 조카뻘이었으니 그럴 만했다.

사실 대외적으로 GCM의 대표는 한석준이었다.

박진수가 현일에게 말했다.

"말씀 많이 들었습니다. 생각보다 상당히 젊으시네요."

"고맙습니다. 칭찬으로 듣겠습니다."

여러 가지 담소를 나누던 와중에 로열 더 케이의 대표가 현일에게 웃으며 농담 삼아 화두를 던졌다.

"요즘 청탁 많이 들어오죠?"

본인도 같은 신세인 모양이다.

"말도 마십쇼. 장난 아닙니다. 안 그래도 요 근래에 어떤 가수한테서 전화가 왔더라고요."

"누구요?"

로열 더 케이의 진승철 대표는 얼굴에 호기심을 드러냈다.

"음, 프라이버시라 누군지는 말씀드리기 힘들지만, 모두들 이름만 들으면 다 아실 겁니다. 지금 한창 방영 중인 검사 박정훈 있잖습니까?"

모두들 흥미가 돋는지 현일에게 주목했다.

"예."

"그 드라마에 자기 노래를 OST로 넣어달라고 부탁하더군요."

"저작권료를 노리는 거겠네요."

"예. 물론 그런 것도 있지만, 정확히는 OST 시디에 자기 노래가 수록되게 해달라는 거겠죠."

"검사 박정훈의 OST 음반은 불타나게 팔려 나갈 것 같던데요? 거기에 숟가락 좀 얹어보겠다는 심보 아닙니까?"

"그렇죠."

수십 개의 음악이 담긴 CD에 자기 노래 하나만 들어가면 정산 비율은 적을지라도 그만큼 많이 팔리면 가만히 앉아서 돈을 벌 수 있었다.

진승철은 마치 제 일인 양 목소리를 높였다.

그 모습을 본 박진수가 입맛을 다셨다.

사실 그도 현일에게 그와 같은 협상을 하려던 참인데 말도 못 꺼내보고 수포로 돌아가 버렸다.

"몇 주 후 S대에서 축제를 연다고 하던데, 대표님들은 섭외 들어오는 가수들 있습니까?"

현일이 셋에게 물었다.

자신의 동생이 재학 중인 대학이니 궁금하지 않을 수 없었다.

"제이유를 보내려고요."

진승철의 답변이고, 박진수가 그에게 물었다.

"세계 나가시네요. 혹시 제이유는 섭외 비용이 얼마나 되는

지 여쭤봐도 되겠습니까?"

"2,300입니다."

흔쾌히 답이 돌아왔다. 그러자 박진수의 입가에 씨익 미소가 돋아났다가 금세 사라졌다.

BVS미디어의 걸그룹 '컬러'는 축제에서 두세 곡만 불러도 3,000만 원이 넘는 금액이 들어온다.

진승철이 덧붙였다.

"한 곡만 부를 거거든요."

"아, 하하하!"

박진수가 쓰게 웃었다. 컬러 네 명을 10분 동안 굴려야 3,000+@를 받는데, 저쪽은 제이유 혼자서 한 곡만 불러도 2,300을 받는단다.

심지어 컬러는 2007년에, 제이유는 2008년에 데뷔했다.

"GCM에서는 안 갑니까?"

"글쎄요. 생각을 좀 해봐야겠지만 힘들 것 같네요. 축제 일정 이랑 뮤직 스테이션 일정이 겹쳐서 말입니다."

정확히는 스페셜 방송과 일정이 겹친다.

진승철의 눈이 동그래졌다.

"와, 뮤직 스테이션이라고요? 그런 소식 못 들었는데?"

"며칠 안에 기사가 나올 겁니다."

박진수가 침까지 튀겨가며 한마디 거들었다.

"차라리 잘되셨습니다. 거 대학 축제가 어디 말마따나 대학 축제입니까? 축제 예산의 50% 이상을 연예인 섭외비로 지출하는데 그냥 아이돌 콘서트장이지. 우리한텐 잘된 일이지만, 아니, 그 수혜를 입는 제가 할 말은 아닌데, 대학이 학생들을 위해서 돈을 써야죠. 그게 학교죠."

나머지 셋이 조용히 고개를 끄덕였다.

왠지 모르게 그의 말에서 제이유와 컬러의 섭외 비용 차이에 대한 불만이 미묘하게 느껴졌지만 그에 대해서는 말을 아끼는 게 좋을 것 같았다.

진승철이 운을 띄웠다.

"그런데 요즘도 총학생회에서 비리 저지르고 그래요? 박 대표님, 총학생회 출신인 걸로 알고 있는데."

"두말하면 잔소리죠. 완전히 정치판이 따로 없습니다. 처음엔 총학생회를 도와주긴 했는데 당시 학회장이 자금 횡령은 기본이고 상대 후보에 대한 악성 루머에 심지어 북한의 지령을 받았다는 문서까지 조작해서 뿌렸습니다."

"대단하네요. 그래서 어떻게 됐습니까?"

"그래서 총학생회 때려치우고 학회장이랑 총무 장부 확보해서 명예훼손이랑… 기타 등등… 이것저것 해서 잡아넣었죠. 제 삼촌이 그때도 검사였으니 도움을 많이 받았죠. 하여튼 그때부터 이어져 내려온 전통 아닌 전통이 지금이라고 어디 사라졌겠습니까?"

"……."

"안 그래도 그 축제 열리는 S대도 총학생회 비리 관련해서 소문 들립니다. 아니 땐 굴뚝에 연기 나겠습니까?"

그가 열변을 토했다.

'영서가 총학생회에 있는데… 물어볼까?'

"…영웅이 되어볼 생각들 있으십니까?"

뜬금없는 발언에 셋이 현일을 봤다.

"그게 갑자기 무슨 소리입니까?"

"사실 그렇게 거창할 것까진 없지만 한번 S대 총학생회의 비리를 타파해 보자는 거죠."

박진수가 코웃음을 쳤다.

"허 참, 최 대표님을 무시하는 건 아니지만, 젊어서 꽤 혈기가 있으신 건 이해합니다. 그런데 그걸 무슨 수로 뒤집어엎는답니까? 세상은 안 변해요. 설사 그런다고 해도 우리가 무슨 이익이 있다고 그런 수고를……."

결국 기업은 이익을 추구하는 집단이니까.

"있죠. 인기를 얻습니다. 언론 플레이죠. 특히 요즘은 SNS가 가장 무섭습니다. 순식간에 퍼지니까요. 기업 이미지에 상당히 긍정적인 효과가 있을 거예요. '믿고 듣는 BVS미디어', 그런 거죠."

민경우가 끼어들었다.

"하긴 기획사 넷이 마음만 먹으면 못 할 것도 없습니다만……."

"하, 민 대표까지 그러기요? 저런 말에 넘어갑니까? 진 대표님도 말씀 좀 해보세요."

"크흠! 어디 방법이나 들어봅시다. 궁금하긴 하네."

기업 이미지의 중요성을 아는 진승철이다.

"환장하겠네."

"거, 사람이 말하는데 조용히 좀 합시다, 박 대표."

"국회의원, 방송국 이사, 그리고……."

현일이 박진수를 흘깃 보며 말을 이었다.

"서울지검 검사 정도의 서포트만 있으면 충분할 것 같습니다."

늘어져 있던 박진수가 태도를 바로 했다.

"그래서 우리가 얻을 수 있는 실질적 이익이 뭡니까?"

"거기에 대해서 말입니다만……."

*　　　　　*　　　　　*

다들 2차, 3차를 달릴 시간적, 정신적 여유가 없는 신분들이기에 현일은 대표들과 저녁을 해결하고 그길로 헤어져 영서에게 전화를 걸었다.

"영서야."

―어, 형. 안 그래도 전화하려고 했는데.

"왜? 뭐, 하고 싶은 말이라도 있어?"

―있긴 있는데… 괜찮을지 모르겠네.

"뭔데? 말해봐."

동생이 원하는데 가능만 하다면 뭐든지 들어줄 참이다.

―하연이, 우리 학교 축제에 데려오고 싶어서. 가능할까?

"이하연?"

―응.

"흠……."

현일은 이마를 부여잡았다. 이하연뿐만 아니라 GCM의 가수들은 모두 축제 당일 뮤직 스테이션에 가야 한다.

촬영 일정과 축제 일정이 딱 겹치는 건 아니지만, 그녀를 축제에 보내려면 빠르고 민첩하게 행동해도 시간이 꽤나 빠듯했다.

―…역시 힘들겠지?

영서는 이하연을 보고 싶어 하는 눈치였다.

"아니, 돼. 무조건 돼."

―정말? 괜찮겠어?

"어떻게든 시간 맞춰볼게."

―고마워.

백혈병을 극복하고 멀쩡히 학교까지 다니는 동생을 위해서라면 그 정도는 해줄 참이다.

"그런데 영서야, 너 총학생회 임원이라고 했지?"

―아, 사실 그것에 대해서 말하고 싶은 게 있는데…….

"뭔데?"

현일은 동생이 하고 싶은 얘기가 무엇인지 직감적으로 와 닿았다.

─…아니, 그냥… 총학생회도 꽤 즐겁다고. 하하하!

"홋, 자식, 공부 열심히 해. 힘들고 지루하고 재미도 없겠지만."

─큭큭큭.

"몸 아픈 덴 없지?"

─덕분에 쌩쌩해.

"약도 꼭 잊지 말고 챙겨 먹고."

─응.

"다른 할 말은 없어?"

─…형도 일 열심히 해.

"고맙다."

아직 영서는 마음의 준비가 안 된 모양이다.

          *   *   *

GCM엔터테인먼트의 연습실.

"하연아."

"네, 작곡가님. 무슨 일이에요?"

이하연은 현일을 밖에서는 편히 이름을 부르지만 회사에서는 작곡가라고 불렀다.

"S대 축제에 공연하러 갈 생각 있어?"

"S대요? 영서가 다니는 거기요?"

"응."

"당연히 가고 싶죠. 하지만 뮤직 스테이션이……."

이하연도 S대 축제와 뮤직 스테이션의 일정이 미묘하게 겹친다는 것을 잘 알고 있었다.

그렇지 않아도 직접 S대 축제에서 공연을 하고 싶다고 말하려 했으나 뮤직 스테이션에 나가게 된다는 것을 알고 말을 삼켜야 했다.

물론 엄청난 고민을 했다.

뮤직 스테이션에 가고 싶은 것은 당연지사였고, 영서를 자주 만나지 못해 아쉬운 마음도 있었으니까.

"괜찮을 거야. 내가 어떻게든 시간 맞춰줄게."

"공연이 오전 열한 시부터 있던데요? 뮤직 스테이션은 오후 8시고요. 아마 시간이 상당히 촉박할 거예요."

S대 공연에 가고 싶다는 건 진심인지 자신도 많이 알아본 듯했다.

또한 인천국제공항에서 도쿄까지 가는 데 걸리는 시간이 약 두세 시간 정도이다.

뮤직 스테이션은 생방송으로 진행되니 그렇게 생각하면 최소 여섯 시간의 여유가 있는 거지만, 비행기가 아사히 TV 방송

국에 착륙하는 것도 아닌 데다 세상일이 으레 그렇듯 방송이라
는 게 어떻게 될지 모르고 리허설이라든지 메이크업, 의상 준비
에 이것저것 하다 보면 여섯 시간도 부족할 수가 있었다.

게다가 거긴 외국이니까.

"그러니까 어떻게든 맞춰준다는 거잖아. 뭐… 네가 거절한다
면 어쩔 수 없고."

"아네요! 하고 싶어요. 하고 싶은데……."

이하연은 아랫입술을 질끈 깨물었다.

"그럼 하는 걸로 결정한다."

현일은 그녀의 고민을 단칼에 끝내주었다.

"네."

이하연의 얼굴이 밝아졌다. 현일이 속 시원하게 결정을 내려
주니 차라리 홀가분한 기분이다.

"영어 발음 연습 잘하고 있지?"

"항상 해요. 그런데 갑자기 그건 왜요?"

"일본에서 공연할 텐데 마꾸도나루도 애들보단 잘해야 할 거
아냐?"

그녀가 배시시 웃었다.

"알았어요."

이하연이 얼마간 연습을 하고 떠난 후에는 이어 맥시드가 녹
초가 되어 돌아왔다.

그녀들은 저들끼리 무언가 재잘거렸지만, 그러거나 말거나 현

일은 생각에 잠겨 있었다.

뮤직 스테이션에서 발표할 MMF의 신곡 구상 때문이다.

'일본인의 취향을… 음……'

아사히 뮤직에서 처음으로 선보일 노래인 만큼 그곳의 취향을 저격해야 하는데 현일은 어쨌거나 한국인이다.

그렇기에 많은 일본의 밴드나 여타 다른 노래도 많이 들어보았으나 같은 나라 사람 속도 알 길이 없는데 다른 나라 사람의 머릿속을 들여다보기란 여간 쉬운 일이 아니었다.

그런 현일을 찾아온 것은 MMF의 보컬인 남선호였다.

"작곡가님."

"네, 안녕하세요. 오랜만이네요."

그동안 작곡한 곡은 이메일로 보내주었고 여타 다른 이야기는 대부분 통화로 해결했기 때문에 얼굴 볼 일이 뜸했다.

"최근에 주신 샘플 말인데요. 그에 맞춰서 메인 파트만 작사를 해봤는데 어떻습니까?"

언제나 그랬듯 MMF의 노래에는 반복되는 가사가 없기에 곡의 하이라이트는 그들 사이에서 메인 파트로 통했다.

아무튼 현일은 남선호가 가져온 메인 파트를 차분히 감상한 후 입가에 호선을 그리며 대답했다.

"좋습니다. 이 정도면 무라카미 프로듀서도 마음에 든다고 할 것 같습니다."

"그것도 중요하지만 과연 이 노래가 일본 대중의 취향에 맞을까요?"

"분명히 취향을 저격할 수 있을 겁니다. 안 되면 되게 해야지요."

*　　　　*　　　　*

S대 총학생회실.

안으로 들어가니 각종 음료수 캔이 테이블 위 여기저기에 어질러져 있다.

서류 몇 장을 세워 가지런히 정리하던 부회장이 문이 열리는 소리에 고개를 들며 물었다.

"영서야, 전화해 봤어?"

"……."

"잘 안 됐나 보네. 하여간 쓸데없이 고집 부리는 회사들이 간혹 있다니까. 특히 그런 회사들이 겉으로는 깨끗한 척하면서 뒤에서는 온갖 더러운 짓은 다 해대지. 큼, 아무튼 행사 때 소주 삼천 박스 주문하고, 한 병에 삼사백 원 정도 할 거니까 영수증엔 병당 천오백 원으로 찍어와."

공장에서 직접 대량 주문하면 몇 백 원 수준인 술을 전부 편의점 가격으로 찍어오라고 말하는 부회장이다.

소주 한 박스에 20병, 한 병에 사백 원이라고 치면 삼천 박스면 이천사백만 원이다.

만약에 그걸 한 병에 정가인 천오백 원으로 산다면 구천만 원이다.

그렇다면 나머지 육천육백만 원은 대체 어디로 사라지는 걸까.

영서는 씁쓸한 마음을 감출 수 없었다.

"……."

"아, 그리고 이것도 좀……."

영서는 부회장의 말에 침묵으로 일관했고, 일순간 총학생회실 안에 정적이 내려앉았다.

"내 말 듣고 있어?"

"네, 아무것도 아니에요. 잠시 딴생각 좀 하느라……. 그것보다 이하연을 행사 무대에 초청하고 싶은데 가능할까요?"

"이하연?"

"네."

"섭외비가 어느 정도인데?"

"한 천만 원쯤 될 거예요."

"생각보단 싸네? 하긴 신인이니까 뭐, 괜찮겠지. 노래도 좋고. 총무한테 가서 예산 보태달라고 하고 회장한테 가서 결재받으면 될 거다. 이하연 팬인가 보네?"

"네, 맞아요."

부회장이 피식 웃었다.

"그 회사에 전화는 해봤어? 우리 학교가 S대라고 해서 공연

오란다고 가수들이 '네, 알겠습니다' 하고 오지는 않거든."

"해봤어요. 오겠대요."

"그럼 섭외해."

"감사합니다."

"감사하기는, 한솥밥 먹고사는 식구들끼리 서로 잘 챙겨줘야지. 안 그래?"

"네."

"그럼 서류 정리 좀 마저 해줘라. 난 잠깐 나갔다 올게."

부회장은 그 말을 끝으로 총학생회실을 나갔다.

이런 데서 정이 느껴지는 부회장이다.

'사람으로 놓고 보면 그렇게 나쁜 인간은 아닌 것 같은데.'

영서는 곧바로 현일에게 연락했다.

*   *   *

현일은 영서에게서 이하연을 섭외할 수 있다는 연락을 받은 후 곧바로 무라카미 프로듀서와 만나자는 약속을 잡았다.

지금 이곳은 인천국제공항.

"도쿄 하네다공항으로 가시겠습니까, 나리타공항으로 가시겠습니까?"

공항의 티켓 발권 안내원에게 도쿄로 가겠다는 말을 전한 뒤 친절한 미소와 함께 돌아온 대답이다.

'뭐 가본 적이 있어야 알지.'

현일은 그 말을 삼키며 통역을 위해 데려온 이지영을 돌아봤다.

어느 정도 테스트를 해봤더니 회화에 문제가 없을 것 같았다.

"하네다공항으로 가요. 거기가 도쿄국제공항이에요."

"무슨 차인데?"

"우리나라로 치면 김포공항과 인천공항 정도의 차이예요."

"그렇구나."

"네, 하네다공항이 도심이랑 훨씬 가까워서 편할 거예요."

"대신 더 비싸겠지?"

"맞아요."

그러나 비용이 문제될 것은 없기에 일말의 망설임도 없이 하네다행 일등석 티켓 두 장을 끊었다.

"제가 일등석을 다 타보네요."

그녀는 외국엔 몇 번 가봤지만 일등석은 타본 적이 없는 모양이다.

"이번 기회에 많이 즐겨둬."

"그런데 그렇게 법인 카드 막 긁어대면 한 사장님이 뭐라고 안 해요?"

"내 카드야."

"네."

                    *   *   *

도쿄국제공항.

"도쿄의 하늘이네요."

비행기가 일본의 영공을 날고 있다.

"쉬, 잠깐만."

창문 밖을 내려다보며 뭐라 떠드는 이지영을 현일이 제지했
다.

어차피 일등석엔 그 둘밖에 없는 탓에 상관은 없었지만, 현일
이 노트북에서 특이한 점을 발견했기 때문이다.

['Tears'는 일본 대중의 취향에 좀 더 적합한 음악입니다.]
['Tears'의 등급이 레어에서 에픽으로 상향 조정됩니다.]

"지영아."

"네?"

"넌 우리나라와 일본 대중음악의 차이가 뭐라고 생각해?"

"음, 어려운 질문인데요."

"역시 그렇지?"

"아! 그러고 보니 그런 경험이 있기는 하네요."

"그런 경험?"

"제가 몇 년 전에 김유나의 여름날은 간다라는 노래를 들은 적이 있어요. 근데 소리가 좀 작아서 가사가 잘 안 들렸는데 멜로디를 들어보고 당연하게 일본 노래라고 생각했네요. 왜 그랬을까요?"

"그 노래가 바로 일본 노래를 가져와서 개사한 거야."

"그런 사실이……! 처음 알았네요. 왜 그런 느낌을 받은 걸까요?"

이지영은 감탄했다.

현일이 그에 대해서 설명해 주는 동안 어느새 도쿄공항에 착륙한 비행기에서 내린 현일과 이지영은 비행기에서 내리자마자 주위를 쭉 둘러보았다.

"우리나라랑 비슷하면서 뭔가 다른 느낌이네. 일본어 때문인가?"

하와이 때와는 사뭇 달랐다.

그곳이 한국과 전혀 다른 세상이라면 도쿄는 서울과 비슷하면서도 미묘하게 이국적인 느낌이 들었다.

"익숙한 기분이죠?"

"거리가 가까워서 그런가? 두 시간 만에 날아왔으니. 약간 도시의 공기 냄새가 다른 것 같기도 하고."

"그냥 기분 탓이에요. 그건 그렇고, 우리 배 좀 채우고 어디 좀 둘러보는 게 어때요? 도쿄타워라든가……."

"아니, 그냥 먹고 바로 무라카미 프로듀서 만나러 갈 거야."

방정맞은 그녀의 말을 현일이 싹둑 잘랐다. 그리고 덧붙였다.

"관광은 아사히 TV 방송국 하나로 족해."

그러자 이지영이 토라진 얼굴로 현일을 봤다.

"히잉, 작곡가님은 전생에 일 못해서 원통해 죽은 게 분명해요."

"그럼 이번 생엔 일하다 죽… 건강하게 오래오래 살아야지."

말이 씨가 될지도 모르니까.

TV 아사히 뮤직.

"안녕하세요."

"예, 안녕하세요."

현일과 이지영은 무라카미 프로듀서와 대면한 뒤 악수를 나누고 그의 전용 로비를 찾아갔다.

직접 만나보니 그에게서는 꽤나 과묵하고 무거운 분위기가 느껴졌다.

왠지 싫은 사람은 면전에서 싫다고 말할 수 있을 법한 사람인 것 같다는 생각이 들었다.

그런 아우라가 뿜어지는 무라카미 프로듀서였다.

캐주얼한 옷차림에 덥수룩한 수염 때문인지 언뜻 골초 같아 보이기도 했다.

'…맥시드의 팬이라더니 어쩌면 그냥 립 서비스일지도 모르겠군.'

일단 겉모습만 보면 그렇다는 거다.

셋은 자리에 앉았다.

먼저 무라카미가 입을 열었다.

"반갑습니다. 앞으로 잘 지내보죠. 전 이런 사람입니다."

그는 그렇게 말하며 명함을 건넸고, 현일도 자신의 명함을 주었다.

그가 이지영을 봤다.

"그쪽은 가수이십니까?"

"아뇨, 전 회사의 음향 엔지니어예요. 아직은 배우고 있는 입장이지만 작곡가도 겸하고 있어요. 지금은 통역가로 와 있습니다."

"그렇습니까. 일본어가 아주 유창하시네요."

"네, 감사합니다."

이지영이 그 대화를 그대로 통역해 주자 현일은 피식 웃었다.

그녀도 나름 여느 아이돌에 뒤지지 않는 외모를 가졌으니 그렇게 착각할 수도 있겠다는 생각이 들었다.

무라카미가 문을 흘깃 보더니 말했다.

"그런데 가수들은 어디 있죠?"

"데려오고 싶었지만 스케줄이 있습니다."

"아쉽네요. 직접 들어보고 싶었는데요."

'쩝……'

현일은 입맛을 다셨다. MMF는 자신들의 신곡 작사하는 데 매진하고 있고, 맥시드는 한창 신곡 공연하는 중이다. 이하연도 나름 일이 있었다.

"아사히 TV……."

"정식 명칭은 TV 아사히입니다. 많이들 헷갈려 하시죠."

제법 고지식해 보인다.

"그렇군요. 감사합니다. 하여튼 TV 아사히 뮤직에서 저희 소속 가수들이 공연할 수 있게 해준 것을 정말 고맙게 생각하고 있습니다."

"예, 요즘 일본에서는 한국 노래들이 한창 유행하고 있습니다. 아쉬운 사실이지만, 그럼에도 오리콘 차트에는 이름을 올리지 못하는 한국 가수들이 많지요. 작곡가라고 하셨죠?"

"예."

"그럼 일본인들의 마음을 사로잡을 수 있는 곡을 만들어주셔야 할 겁니다."

그 말에는 약간의 공격이 담겨 있었다.

이번 기회를 제대로 잡지 못한다면 앞으로 뮤직 스테이션은 요원해질 수도 있겠다는 느낌이 들었다.

바라던 바다.

그래서 MMF의 영상을 가져온 것이고.

"이걸 보시겠습니까?"

현일은 노트북을 꺼내 테이블에 펼쳐 보였다.

화면에는 MMF가 신곡을 연주하는 동영상이 나타나 있고, 그걸 플레이했다.

무라카미는 무척 흥미로운 표정으로 지켜보았다.

"일본 노래를 많이 연구하신 것 같습니다."

"작곡가니까요."

작곡가라면 세상의 여러 노래를 많이 듣고 직접 작곡을 많이 해봐야 한다.

"예, 어떤 노래든지 그 나라에서 묻어나는 특유의 감성이 있지요. 이 MMF의 Tears라는 곡은 일본풍의 멜로디가 많이 담겨 있는 것 같습니다."

노래의 특징은 선율에 가장 현저하게 나타난다.

그리고 선율의 변화에 따라 화음도 달라지고 리듬과 같은 특징도 지니게 된다.

"사실 한국 노래나 일본 노래나 많이 비슷해졌죠. 서양 음악의 영향을 많이 받았고 요즘은 죄다 EDM(Electronic Dance Music)이니까요."

특히나 이제는 아예 일본에서도 트랜스 사운드를 강조한 밴드가 서서히 고개를 들고 있고, 그들 또한 가사를 영어로 쓰는 경우도 많았다.

개중에는 미국 시장에 진출하는 밴드도 생길 것이다.

"요즘은 저마다 죄다 후크 송을 들고 나옵니다. 물론 그게 나쁘다는 말은 아닙니다. 어떤 음악이든지 개인의 취향을 자극하면서 새로운 청취자를 계속해서 유입시키는 원동력이 되니까요. 하지만 그게 너무 많아지면 문제죠. 그리고 지금 그렇게 되어가고 있습니다. 그런 점에서 저로서는 MMF가 상당히 마음에 드는 밴드입니다."

현일이 씨익 웃었다. 역시 MMF의 방향성 하나는 제대로 잡았다는 생각이 들었다.

그리고 현일은 맥시드 멤버 전원의 사인이 담긴 음반을 무라카미에게 건넸다.

"아 참, 깜빡할 뻔했네요. 맥시드의 팬이라고 하셔서요."

"감사합니다. 사실 제 딸아이가 팬이죠. 그걸 메일에 안 써놓은 모양입니다. 오늘은 집에 가면 딸에게 칭찬받는 아버지가 될 수 있을 것 같네요. 하하하!"

무라카미는 팔불출 딸바보가 분명해 보였다.

"딸을 각별히 아끼시나 봅니다."

"예. 그런데 요즘 딸의 장래 희망이 맥시드라서 큰일입니다. 하하하!"

원래 아이돌 그룹은 일본에서 먼저 시작했지만 지금에 이르러서는 한국이 더 발전한 탓에 일본이 한국의 그룹을 따라 하고 있는 실정이었다.

다시 말해서 우리나라가 일본을 벤치마킹하던 것을 이젠 일본이 우리나라를 벤치마킹하고 있는 게 아이돌 그룹이었다.

심지어 우리가 가사에 조금씩 영어를 넣듯이 일본 노래에 한국어 가사를 넣는 노래도 만들어질 정도였다.

그렇게 둘은 몇 마디를 더 나눈 후 다시 손을 맞잡았다.

함께 잘해보자는 의미이다.

그리고 잘될 수밖에 없을 것 같았다.

일본 오리콘 차트의 최상위권을 차지할 수 있다면 말이다.

우리나라 음악 시장은 전 세계에서 10위 정도로, 2위인 일본과는 비교 자체를 불허하는 수준이다.

일본 음악 시장의 규모가 약 30억 달러로, 3위인 독일과는 두 배가량 차이가 나고 K—POP과는 15배 차이가 난다.

미국은 대략 45억 달러 정도.

시쳇말로 비욘세 혼자서 K—POP을 넘는 규모라고 할 정도이니 말 다한 것이다.

'그리고 우리나라는 음악보다 게임 시장이 열 배는 크지.'

또한 게임 시장이 크면 그만큼 OST 시장도 커지는 법이다.

"그럼 이제 시간을 조율할 차례네요. 제 생각엔 각 팀마다 한 주 간격으로 맥시드를 제일 먼저 올리는 게 좋을 것 같습니다."

현일도 무라카미의 의견에 일정 부분 동의했다.

어차피 한국이나 일본이나 아이돌이 성황인 건 마찬가지이기에 맥시드로 시청자들의 관심을 끌고 다음 타자를 올리자는 의미였다.

그러나 그건 한 주 간격으로 방송할 때의 이야기이고 현일이 원하는 바는 따로 있었다.

"단도직입적으로 말씀드리겠습니다. 스페셜 방송에 올리고 싶습니다."

"세 팀을 한 방송에 출연시키고 싶은 거군요."

무라카미는 현일의 의도를 단번에 눈치챘다.

"예."

"음, 뭐, 좋습니다. 마침 적당한 날이 있으니까요. 혹시 원하는 시간대가 있습니까?"

"최대한 뒤쪽으로 배정해 주세요. 이하연을 특히 더요."

"진심입니까?"

무라카미는 의외라는 표정으로 물었다.

방송이 송출될 때 시간이 지날수록 시청률은 떨어진다. 특히 스페셜 방송처럼 긴 시간을 방영하면 더 그럴 것이다.

그런데 현일은 마지막 순서로 배정해 달라고 했으니 이상하게 생각하는 것도 무리는 아니었다.

"일본 시청자들이 뮤직 스테이션에 한국 가수가 출연한다는 소식을 들으면 시청률은 더 오를 것 같습니다. 흥미가 생기는 법이니까요."

그러자 무라카미는 알겠다는 듯 고개를 끄덕였다.

"과연 그럴 수도 있겠습니다. 그럼 최대한 요구하신 방향으로 반영해 보도록 하겠습니다."

"감사합니다."

*   *   *

"이제 뭐 할 거예요?"

"뭘?"

"모처럼 일본에 왔는데 할 일 다 끝났으니 어디 좀 둘러보다 가요!"

이지영이 어린아이처럼 징징거리자 현일이 진지한 어조로 대답했다.

"할 일이 다 끝나긴 뭐가 다 끝나? 너 우리 가수들 앨범에 수록될 노래 편곡 다했어?"

"…아뇨."

그녀가 입술을 삐죽이며 고개를 저었다.

물론 현일도 놀고 싶은 건 마찬가지였으나 지금은 해야 할 일이 너무 많았다.

당장 가면 김성아의 음악의 전당 문제도 해결해야 한다.

"하지만 뭐 네 말대로 기껏 일본에 왔다가 그냥 가는 것도 좀 그렇긴 하지. 그럼 도쿄 돔에라도 가볼까?"

이지영의 얼굴이 활짝 펴졌다.

"네, 거기 가요!"

현일은 직원의 의견을 수용할 줄 아는 사장이 되고 싶었다.

"언젠가 우리 회사의 가수들이 도쿄 돔에서 공연할지도 모르는데 한 번쯤 가보는 것도 괜찮겠지."

"그렇죠!"

하여튼 도쿄 돔을 관광하고 난 후 두 사람은 공항으로 향했다.

그런 이지영의 입에선 하늘이 무너지기라도 한 것처럼 한숨이 쉴 새 없이 뿜어져 나왔지만 현일은 아랑곳하지 않고 발걸음을 옮겼다.

그래도 계속되는 그녀의 푸념에 현일이 말했다.

"우리 이코노미석 타고 갈까?"

그러자 그녀는 아무 말이 없었다.

다시 한국에 도착하자마자 현일은 작업실로 향했다.

"이제 일하러 가시는 거예요?"

"작곡해야지. 작곡가는 작곡을 해야 살아 있는 거야."

물론 그건 이지영도 마찬가지였지만 일말의 지체도 없는 현일을 보며 그녀는 혀를 내두르며 질린 표정을 지었다.

그러나 곧바로 작업을 시작할 수는 없었다.

현일에게 걸려온 한 통의 전화 때문이다.

─작곡가 최현일이 전화가 맞는가?

"예, 맞습니다, 의원님."

─식사는 했고?

"아뇨, 아직 안 했습니다."

안 먹었지만 이럴 땐 먹었어도 안 먹었다고 해야 될 것 같았다.

─그럼 나오시게. 내 밥 한 끼 사지.

"즉시 그쪽으로 출발하겠습니다."

이 나라의 국회의원이 같이 식사라도 하자고 나오라는데 안 나갈 수가 없다.

          *   *   *

한우 식당 앞.

현일은 차에서 내림과 동시에 고개를 숙였다.

처음 만날 땐 현일이 갑의 입장이었는데 막상 고급 정장에 나라 국(國) 자가 각인된 배지를 달고 있는 사람을 마주하니 뿜어져 나오는 분위기에 압도되는 느낌이다.

"윤 이사님?"

김원호 의원의 옆에는 보좌관을 빼고 윤 이사가 나란히 서 있었다.

"저도 얼떨결에 오게 되었네요."

"서로 안면이 있는 겁니까?"

"그건 아니지만, 안면을 트게 해준 사람이 작곡가님 아닙니까."

"그러네요."

아닌 게 아니라 김원호도 뉴스나 신문을 모니터링했을 테고, MBC도 많이 봤을 것이다. 그리고 MBC는 내년에 국정감사의 대상이 된다.

아니, 원래는 그렇게 될 터였다.

원래 국정감사는 국회의원의 아주 강력한 권한이자 권력이다.

국회의원이 형사와 같은 입장에서 행정부를 필두로 한 국내의 각종 기관에 대한 감사와 감찰을 진행하고 사회적인 문제에 대해서 비판을 하는 공개 청문회다.

물론 그런 만큼 의원님들의 중요한 뒷수입 공급원이기 때문에 많이 변질될 수밖에 없는 것도 현실이다.

한데 그 MBC 국정감사의 주동자이던 이 후보가 떨어지고 김원호가 당선되었으니 미래가 바뀔 것 같았다.

현일은 어쩌면 그 '국정감사'라는 화살을 S대학교로 돌릴 수 있을지도 모른다는 생각이 들었다.

"자네 차인가?"

김 의원이 현일의 차를 보고 말했다. 지난날 MMF가 파워스타에서 우승을 차지하고 얻은 콩고물과도 같은 그 자동차이다.

"예."

"수입이 제법 되는 걸로 알고 있는데, 꽤나 소박하군."

"딱히 비싼 차를 탈 필요를 못 느껴서 말입니다."

"의외로 그런 데서 모자란 것 같은데?"

"예?"

"국산차는 위험해서 탈 게 못 돼."

'…인정합니다.'

안전을 위해서라도 꼭 독일 차를 뽑아야겠다고 다짐한 현일과 둘은 이내 식당으로 들어갔다.

자리에 앉아서 김 의원의 입맛대로 육회를 시켰다.

김원호가 잘게 썰어놓은 육회를 한 젓가락 먹고 나서 입을 열었다.

"요즘 성아는 잘 지내나?"

"잘 지내고 있을 겁니다. 곧 있으면 더 잘 지낼 것 같고요."

현일은 김원호에게 자신의 계획을 이야기해 주었다. 그러자 그의 입가에 살짝 미소가 돋아났다가 사라졌다.

"의원님, 초대해 주셔서 감사합니다. 안 그래도 드리고 싶은 말이 있었습니다."

"뭔가?"

"S대학교 총학생회 비리에 관해서입니다."

사실 현일은 이 말을 하기 전부터 말을 해야 할지 말아야 할지 엄청나게 고민했다.

김원호가 단순히 치기 어린 학생들 간의 문제라고 치부할지도 모르기 때문이다.

"총학생회라… 내가 대학 다닐 때도 말이 많았지."

그는 젊은 날을 회상하는 듯 육회를 집던 젓가락을 멈추고 고개를 들었다.

"솔직히 말 안 나온 대학을 찾기가 더 힘들 것 같습니다."

"그렇겠지. 한데 왜 하필 거기인가?"

"제 동생이 다니고 있습니다."

그에 김원호는 무슨 말인지 알겠다는 듯 고개를 끄덕였다.

만약 김성아가 몸담고 있는 곳에 조금이라도 더러운 것이 묻어 있다면 제 손으로 완전히 뒤집어엎어 버려도 이상하지 않을 사람이 그였다.

"청문회라도 열어달라고 말하고 싶은 건가?"

현일은 고개를 저었다.

김원호는 무슨 부탁이라도 들어줄 것처럼 온화한 말투였다. 그러나 청문회를 열어달라고 하면 그게 청탁과 다를 바가 없다.

물론 이건 엄연히 기브 앤 테이크지만.

"아닙니다. 그냥 딴 짓만 못하게 해주시면 좋겠습니다."

"사건을 어영부영 덮지 못하게 해달라는 거군."

"예."

"알았네. 보장은 못하지만 최대한 힘써보도록 하지."

"S대 총학생회를 뒤집으시려고요?"

윤석진이 눈을 휘둥그레 뜨며 물었다.

"네."

"교수님들의 심기가 많이 불편해질 텐데요?"

"불편해지는 정도면 다행이죠. 어쩌면 S대 총장에게까지 불똥이 튈지도 모르죠."

"아랫사람이 실수를 하면 윗사람이 책임을 져야 하니까요."

"그렇죠."

"하지만 그 불똥이 작곡가님의 동생에게도 튈지 모릅니다."

현일은 말없이 잔을 기울였다.

왜 모르겠는가.

총학생회와 교수들에게 미움받으면 정상적인 학교생활 자체가 힘들어질 것이다.

학점도 망할 거고.

'그렇다면 그따위 학교는 안 다녀도 그만이야.'

하지만 현일은 누구보다도 잘 알고 있었다.

영서는 그런 곳에서 참고 견디고 있을 아이가 아니었다.

그리고 무엇보다 영서의 꿈은 가수였다.

막말로 가수에게 대학이라는 간판은 그다지 중요하지 않았다.

'가수는 언젠가 내가 만들어주면 돼.'

*   *   *

S대 총학생회실.

"아뇨, 저희가 장소를 착각한 모양이네요. 죄송합니다."

영서가 안으로 들어서니 부회장이 누군가와 통화를 하고 있다가 영서를 보며 검지를 입술 밑에 펼쳐 들었다.

그는 전화기 너머의 상대에게 연신 사과를 했지만 입가엔 호선이 그려져 있었다.

─아니, 지금 요리 다 해놓고 밑반찬까지 다 깔아놨는데 안 오겠다고 하면 어쩌란 거야!

"왜 갑자기 반말을 하세요? 고객에게 그렇게 불친절하시면 안 되죠. 장사 접으셔야겠네."

―이, 이……!

"알았어요, 알았어요. 진정하세요. 후, 어쩔 수 없네요. 거기 가긴 가는데… 가격 좀 깎아주세요."

―뭐, 뭐라고?!

"사정은 이해하겠는데 우리도 시간 남아도는 사람 아니에요. 게다가 학생이잖아요. 학생이 무슨 돈이 있겠어요? 테이블당 3만 원씩만 깎아주세요."

―그게 말이 되는 소립니까?!

"그럼 말이지 숩니까? 그러지 말고 3만 원만 깎아줘요."

―2만 원! 더 이상은 안 돼!

"알겠습니다. 번창하십쇼. 다혈질 좀 고치시고요."

―젠장할!

뚝.

"무슨 일이에요?"

영서가 물었다.

"식당에 음식 대량으로 예약해 놓고 취소하는 척하면서 가격을 깎는 비책이지. 흐흐흐. 어때? 나 천재지?"

"그런 쪽으로 머리가 비상하시네요."

"우리 아빠가 가르쳐 준 거야."

쉽게 말해서 그 밥에 그 나물이라는 소리다.

그런데 부회장은 칭찬으로 받아들이는 것 같았다.

'저렇게 생각 없이 긍정적인 것도 나름 좋은 자세일 수도 있겠다.'

말도 안 되는 생각이 드는 영서였다.

이내 부회장이 무언가를 떠올린 듯 과장스럽게 손뼉을 치며 말했다.

"참, 이하연 걔, 공연비 안 받는다더라? 대박이지?"

"그래요? 잘됐네요. 왜 그런대요?"

물론 영서는 그 사정을 대강 알고 있었지만 모른 척했다. 부회장이 어깨를 으쓱했다.

"몰라. 물어봤는데 안 알려주더라고. 근데 뭔 상관이야. 우리 돈 아끼면 장땡이지. 안 그래?"

"네."

"자식이, 반응이 왜 그렇게 싱겁냐? 아, 그건 그렇고, 영서야. 너 왜 저번에 해놓으라는 거 안 했어?"

아무런 횡령 없이 지극히 정상적으로 처리해 놓은 영서의 장부를 보고 묻는 부회장이다.

그러자 영서의 낯빛이 어두워졌다.

"…안 해요."

"뭐?"

"안 한다고요, 그런 거."

부회장의 표정이 급격히 굳었다.

"지금 장난하자는 거야?"

"장난 아닙니다."

"진심이야?"

"네."

"다시 생각해 봐. 아무 일 없이 그냥 졸업만 하면 차 한 대는 뽑을 수 있다니까. 너 인마, 그 젊은 나이에 자기 차 가지고 있는 사람이 얼마나 될 거 같아? 응? 그 총학생회 회장 자리가 다음엔 나, 그다음엔 네가 앉을 자리 아니냐?"

"회장이 학생들의 등록금을 횡령하는 그런 자리라면 저는 줘도 안 할 겁니다."

"이… 네가 그러고도 총학생회, 아니, 이 대학교를 무사히 졸업할 수 있을 거 같아?"

"그러면 어떻게 되는데요?"

영서는 모든 것을 체념한 듯한 표정과 말투였다.

"내가 말해줬던가? 예전에 자퇴했다는 그 녀석 말이야."

"자퇴했다고만 했죠."

"그래, 걔가 왜 자퇴했는지 알아? 영웅이라도 된 것처럼 나대다가 내부 고발자로 매장당한 거야. 그 자식이 그렇게 발악했지만 혼자서는 아무것도 못해. 너도 그놈처럼 되기 싫으면 그냥 조용히 시키는 대로 하든가, 아니면 이만 총학생회에서 손 떼고 조용히 입 닫고 살아. 그럼 옛 정을 생각해서라도 학교는 정상적으로 다닐 수 있게 해줄 테니까."

영서는 별로 궁금하지 않았지만 부회장은 구태여 말을 해주었다.

명백한 경고였다.

그가 말을 이었다.

"왜? 기분 나빠? 원래 헬조선은 이렇게 사는 거야. 지극히 정상이라고. 네가 비정상인 거고."

"알겠습니다. 그럼 총학생회와의 인연은 여기서 끝이네요. 지금까지 고마웠습니다. 총학생회의 실상을 알게 해줘서."

부회장이 두 주먹을 불끈 쥐고 영서를 노려봤다.

"젠장, 너 때문에 시간이랑 돈만 낭비했잖아. 아오, 진짜! 이런 융통성 없는 인간을 뽑은 내가 병신이다, 병신! 나중에 후회하지나 마라!"

부회장은 그렇게 말하며 테이블에 놓여 있는 자신의 담배를 들고 나가 버렸다.

"…절대 그럴 일은 없을 것 같습니다."

영서는 그렇게 중얼거리고는 그곳에 놓여 있는 장부를 바라봤다.

*　　　*　　　*

현일은 MMF와, 이하연, 그리고 맥시드에게 정식으로 뮤직 스테이션에 출연할 수 있다는 사실을 알려주었고, 그들은 그

어느 때보다도 열심히 연습하는 것 같았다.

"작곡가님은 정말 우리를 놀라게 하시네요. 진짜 우리가 첫 번째로 출연할 수 있는 거예요?"

김채린이 토끼 눈을 하고 물었다.

"그냥 우리 회사 가수 중에서 첫 번째인 거야. 스페셜 방송 퍼스트 라인업이 아니라고."

"그것만 해도 감지덕지죠!"

"그래, 알아줘서 고맙다."

"그렇죠? 헤헤."

사실 다 전략적인 배치였지만, 현일은 말을 아끼기로 했다.

저렇게 마냥 좋아하는 아이에게 굳이 초를 칠 필요는 없었다.

"신곡은 어때? 마음에 들어?"

"네. 노래도 헤어도 다 좋다고 난리예요!"

"다행이네."

맥시드의 팬 카페를 확인해 보니, 확실히 한지윤의 단발이 질린다는 댓글도 많이 사라진 상태였다.

결코 현일의 빠른 삭제 때문만은 아니었을 터였다.

"그럼 반응 안 좋을까 봐 걱정이라도 하셨어요?"

"넌 안 했어?"

"안 했어요."

현일은 피식 웃었다.

대중의 반응이야 미리 알 수 있지만 마음 한구석에서는 일말
의 불안이 없을 수 없었다.

"그랬겠지."

"농담 아니에요."

김채린의 어투가 사뭇 진지해졌다.

그녀가 덧붙였다.

"저희들은 작곡가님을 믿으니까요."

현일은 빙긋 웃었다.

'머리라도 쓰다듬어 주고 싶네.'

그러나 행동으로 옮기지는 않았다.

애써 가다듬은 헤어가 다 흐트러질지도 모르니까.

"작곡가님."

"응?"

"파이팅!"

                    *   *   *

커피숍.

"이거야?"

현일이 영서가 테이블에 올려놓은 서류를 보며 물었다.

총학생회실 어딘가에서 가져온 장부였다.

처음엔 그저 형에게 '그런 일이 있더라' 하며 푸념하듯이 늘

어놓은 말이었는데, 물 흘러가듯 자연스럽게 여기까지 오게 된 것이다.

영서가 가장 의지할 수 있는 사람이 현일이었으니까.

"어. 총무 눈 피하느라 애 좀 먹었어. 아마 지금쯤 없어진 것 들 찾느라 애 좀 먹고 있을걸."

현일은 피식 웃었다.

"이제 결심이 선 거야?"

"…알고 있었어?"

"예상은 했지. 요새 그런 대학들 많잖아."

"…하긴."

"그래도 빨리 알려줘서 고맙다. 이게 꼭 있어야 되거든."

"필요하다고 해서 가져오긴 했는데 뭐에 쓰려고?"

"영서야."

"……?"

"너 가수 하고 싶지?"

"…어떻게 안 거야?"

"내가 모를 줄 알았어?"

이전 삶에서의 영서의 말도 있지만, 부부는 서로 닮는다는 말이 있다.

그리고 현일과 영서의 부모님이 함께 지낸 시간보다 둘이 함 께한 세월이 훨씬 많았다.

현일의 전생까지 합하면 거의 곱절로 많고.

"그럼 하고 싶은 말이 뭔데?"

"난 S대 총학생회의 비리를 뒤집을 거야."

영서의 눈이 휘둥그레졌다.

대충 예상은 하고 있었지만, 기껏해야 민원 넣는 정도이겠거니 했는데 설마 스스로 뒤엎을 거라는 말은 상상도 못한 탓이다.

"어떻게?"

"내가 아는 사람들이 있어. 그들이 도와줄 거야. 그리고 네가 학교를 다니는 것이 힘들어질 수도 있지만, 그건 전혀 중요한 게 아냐. 넌 그냥 너의 꿈을 찾아가면 돼. 내가 도와줄 테니까."

"그래도 가수는 어릴 때부터 훈련받아야 되는 거잖아? 난 그냥 취미로 노래 부르는 정도이고 보컬 트레이닝 같은 거 받은 적도 없는데?"

"폴 포츠도 휴대폰 외판원이었는데 세계적인 테너가 됐잖아. 언제 시작하느냐가 중요한 건 아니지."

현일 또한 만만치 않지만, 폴 포츠도 참으로 기구한 인생을 살았다.

어릴 때부터 불행한 인생을 살았고, 나중엔 자전거 사고로 인해 더 이상 노래를 부를 수 없다는 말까지 들었지만, 브리튼 즈 갓 탤런트에서 심사 위원에게 극찬을 받았다.

물론 그의 인기가 오로지 실력 때문만이 아니라 감동적인 스토리에 영향을 받아 많은 비판을 받기도 했지만 어쨌든 대단한 사람임에는 분명했다.

누구라도 그처럼 세계적인 뮤지션이 될 수 있다는 걸 알려주었으니까.

"그렇다고 내가 폴 포츠는 아니잖아."

"아니지."

"……."

"가수 최영서로 만들 거니까."

                    *   *   *

"흐음……."

BVS미디어의 박진수 대표는 장부를 유심히 들여다보더니 별안간 침음을 흘렸다.

"어떻습니까?"

"생각보다 규모가 크네요. 요즘은 애들이 더 무섭다더니… 제가 대학 다닐 때만 해도 이 정도까진 아니었는데."

"어쩌면 수면 위로 드러나지 않은 것일 수도 있겠죠."

"아무래도 그렇게 봐야겠죠? 하여튼 이 정도면 충분히 논란을 일으킬 수 있을 것 같긴 합니다. 제 삼촌도 압력을 행사할 수 있을 거고요. 그럼 다음 계획은 뭡니까?"

"S대에 BVS미디어에서 공연 예정인 라인업이 한두 팀 있죠?"

"예."

"당일에 전부 취소해 버리세요."

"확실히… 그러면 정말 빅 엿을 먹일 수는 있겠네요. 위약금을 물어야 하겠지만 말입니다."

"우리 가수들을 부른 게 거기 총학생회이고, 총학생회의 문제 때문에 못하겠다는데 저들이 뭐라 할 수 있겠습니까? 다른 대표님들께도 마찬가지로 전해주세요."

"알겠습니다."

박진수는 씨익 미소 지으며 자리에서 일어났다.

*　　　　　*　　　　　*

S대 총학생회실.

"뭐, 뭐라고요?"

─죄송합니다. 갑작스레 회사에 사정이 생겨서 가수들 스케줄에 차질이 생겼습니다. 거듭 죄송하단 말씀 드리며…….

부회장은 책상을 쾅 내려쳤다.

살짝 홈이 파여 드러난 조각에 찔려 부회장의 손에서 피가 흐른다.

그럼에도 그는 흥분이 머리끝까지 차올라 고통도 모른 채 테이블 위에 놓인 것들을 집어 던지기 시작했다.

"무슨 이런 경우가 다 있어!"

일전에 자신이 했던 식당에서의 갑질을 똑같이 당하고 있는 부회장이다.

"뭐야? 너 손이 왜 그래?"

총무였다.

"신경 쓰지 마."

"무슨 일인데?"

"갑자기 이제 와서 공연을 취소하겠다고 하잖아!"

"그냥 빼버려. 위약금 받으면 되잖아."

"아니, 갑자기 한꺼번에 일곱 팀이나 빠진다니까?"

"미친……."

사태의 심각성을 깨달은 총무의 얼굴이 급격히 굳었다.

가수들이 공연을 안 하면 사람들이 모이질 않는다.

또 하필이면 취소된 가수들의 공연이 중간중간 포진해 있어서 공연 사이에 계속 공백이 생긴다.

그렇게 되면 불평이 이만저만이 아닐 것이다.

대학 캠퍼스 안에 입점해 있는 여러 회사에도 사람이 안 몰릴 것이고, 일정 인원을 충족시키지 못하면 계약금을 물어줘야 한다.

"부회장, 다른 기획사에 전화해서 공연 시간 조정 같은 거 못 해?"

"장난하냐? 그 가수들이 오늘 여기만 뛰겠어?"

물론 계약금을 돌려주면 간단하게 처리될 문제일 수도 있지만, 중요한 건 다른 데 있었다.

부회장이 물었다.

"너 돈 얼마나 남았어?"

"없어. 일단 회장새끼가 대부분 해 처먹고 죄다 나눠 주면 나도 남는 거 없는데 진즉에 다 써버렸지."

"씨발! 장부는 찾았냐?"

총무가 혀를 차며 고개를 저었다.

"그거 다른 사람이 보면 우리 끝장인데……."

그때, 누군가가 저세상의 밑바닥이라도 보고 온 듯이 혼이 빠져나간 표정으로 말했다.

"어디 있는지 알아."

총학생회 회장이다.

"회장? 어디 있는데요?"

"검찰청."

            *   *   *

검찰청.

"하석원 검사님."

"음?"

"박진수라는 사람이 보낸 우편물입니다. 그냥 갖다 주면 알 거라고 해서 가져오긴 했는데 어쩔까요?"

"대충 아무 데나… 진수라고?"

"아는 사람입니까?"

"그냥 가져와. 잔말 말고."

"예."

하 검사는 서류를 꺼내보았다.

'S대?'

여러 가지로 구린 냄새가 나는 서류였다.

'편지도 동봉돼 있네.'

박진수가 자필로 쓴 편지였다.

요약하면, 삼촌에 대한 인사와 자주 연락드리지 못해 미안하다는 말, 그리고 S대 총학생회의 비리를 수사해 달라는 내용이었다.

'까짓것, 해주지, 뭐.'

고민은 필요 없었다.

조카의 요청이기도 하고 S대 정도로 큰 대학이라면 충분히 경력에 이점도 될 테고, 무엇보다 확실한 증거가 이렇게 손안에 있으니 많은 시간을 들일 필요도 없을 것이다.

'그 녀석한테 맡기면 되겠군.'

즉시 전화기를 들고 부하 검사에게 사건 수사를 지시하는 하 검사였다.

*　　　　*　　　　*

S대 축제.

MMF와 맥시드는 이미 비행기를 타고 일본으로 떠났지만, 이하연은 아직 한국에 머물러야 했다.

"작곡가님, 소식 들으셨어요?"

"무슨 소식?"

"S대 공연 나올 가수들이 줄줄이 취소하고 있다는데요?"

"피치 못할 사정이 있겠지."

"하지만 한두 팀이 아니에요. S대에 무슨 일이 있는 거 아닐까요?"

영서가 다니는 대학이니 그녀가 염려하는 것도 무리는 아닐 터이다.

"걱정하지 마. 넌 취소될 일 없으니까."

"네, 알겠어요."

현일은 일말의 표정 변화도 없이 말했고, 이하연은 그에 순응했다.

현일이 이렇게 단언할 때면 언제나 그 말대로 이루어졌으니까.

"이제 슬슬 움직이자. 곧 노래 불러야 돼."

"네? 벌써요?"

"빠지는 가수들 있으니까 먼저 공연할 거야."

"알았어요."

시계를 보니 공연할 시간이 다가오고 있었다.

일곱 팀이나 빠져 버렸고, 그중엔 공연 순서가 제법 앞 차례에 있는 팀도 있기 때문에 이하연의 시간을 앞당겨야 했다.

덕분에 뮤직 스테이션에 도착하기까지 시간을 아낄 수 있었지만 현일과 모종의 꿍꿍이를 벌인 타 기획사의 대표들이 따져 온 탓에 진정시키느라 진땀을 빼야 했다.

사실 그들을 설득하는 것이 그리 어렵지만은 않았다.

그래서 이하연의 출연료를 일부러 안 받겠다고 한 것이다.

이동하면서 그녀는 이따금 현일의 눈치를 보고 머뭇거리기도 하더니 별안간 조심스럽게 입을 열었다.

"작곡가님, 그런데요……."

"응?"

"공연 끝나면 영서랑 잠시 이야기 좀 하다가 가면 안 될까요?"

"네 기분은 이해하지만 안 돼."

이하연은 공연이 끝나고 영서와의 밀회를 갖고 싶어 했으나 현일은 단호하게 거부했다.

그녀는 아랫입술을 질끈 깨물었다.

"잠깐만이요. 잠깐만."

"안 돼. 거긴 보는 눈이 너무 많잖아."

게다가 대학 주변은 거의 대부분이 20대이다 보니 대부분 스마트폰을 손에 들고 다닌다.

그러다가 혹여 밀회 장면을 찍혀 누군가가 SNS에라도 올리는 날에는 상황이 심히 곤란해질 수 있었다.

"네, 어쩔 수 없죠."

그녀가 고개를 푹 숙였다. 잔뜩 시무룩해져 버렸지만, 이어지는 현일의 말에 그녀는 얼굴에 환한 미소를 그렸다.

"그래도 일본에 갈 때 영서도 데리고 갈 거니까 그때는 잠깐이라도 시간 내줄 수 있을 거야."

"고마워요!"

현일은 빙긋 미소를 지었다.

"별말씀을."

그렇게 공연장으로 향하게 된 이하연은 S대에 들어서자마자 긴장하기 시작했다.

지금 상황이 그럴 수밖에 없는 까닭이다.

—죄송합니다. 현재 모종의 사유로 공연이 지연되고 있습니다. 곧 행사가 재개될 테니 다시 한 번 사과의 말씀을 드리며……

"아, 뭐야?! 왜 이렇게 늦어?"

"어떻게 된 게 팸플릿이랑 맞는 게 하나도 없네!"

"일해라, 총학생회!"

"우리 대학이 겨우 이 정도냐!"

진행자의 멘트에 여기저기에서 불평이 터져 나왔고, 기다림에 지친 사람들이 하나둘씩 발걸음을 돌리기 시작했다.

공연팀과 인사를 나눈 이하연이 작금의 실태를 지켜보며 말했다.

"분위기가 안 좋은데요."

"죄송합니다, 이하연 씨. 갑자기 가수들이 펑크를 내버려서…
뭐라 드릴 말씀이 없습니다. 아무튼 마침 잘 오셨습니다. 외람
된 말씀이지만 지금 당장 공연을 하실 수 있겠습니까?"

"네, 좋아요."

"감사합니다."

이미 현일에게 들어 알고 있는 사항이기에 이하연은 선뜻 응
해주었다.

꾸벅 허리를 숙이며 감사를 표하는 기획자를 뒤로하고 그녀
는 이내 무대 위로 올라갔다.

"와아아아아!"

"이제야 오네. 양심도 없냐!"

"응? 선배, 이하연이 지금 차례예요?"

"글쎄? 나도 모르겠는데?"

이하연이 나타나자 함성을 지르는 사람, 불평을 하는 사람,
어리둥절한 사람 등등 가지각색의 반응이 나왔다.

하지만 그녀의 눈에는 그러한 수많은 관객은 안중에도 없었
다.

분명 시야에 있지만 그들의 모습이 보이지도, 음성이 들리지
도 않았다.

이하연의 눈엔 그저 단 한 사람밖에 들어오지 않았다. 그냥
묵묵히 서서 자신을 바라보며 싱그러운 미소로 응원해 주는

사람.

그리고 그녀의 마음속에 있는 사람.

영서였다.

최근에 영서를 볼 수 있는 기회는 그녀가 공연할 때 관객으로 온 그를 보는 것이 전부였지만, 그냥 그의 존재만으로도 기분이 좋아졌다.

그녀는 심호흡을 했다.

그러고는 마이크를 입 가까이 가져가자 곧이어 음악이 흘러나오기 시작했다.

―When you feel my heat～ look into my eyes…….

이윽고 현일의 눈에 메시지가 보였다.

[가수의 진심 어린 사랑을 잘 표현하고 있습니다.]

[노래의 등급이 일시적으로 '레어'에서 '에픽'으로 상승됩니다.]

[청중은 지금 행복함을 느끼고 있습니다.]

[조건이 충족되었습니다.]

[축하합니다! '안목' 스킬이 개방되었습니다!]

'안목 스킬? 어떻게 쓰는 거지?'

눈에서 빔이 나간다고 해도 이제 와서 새삼 놀랄 것도 없었다.

현일은 그저 사용법이 궁금할 뿐이었다.

그 순간 또 하나의 메시지가 눈앞에 떠올랐다.

[가수 이하연의 인기가 50% 상승할 것입니다.]

'그냥 그때그때 알아서 알려주는 거군.'

현일은 납득했다. 처음부터 그런 능력이었으니까.

아무것도 알려주지 않는다.

왜 생겨난 건지, 아직도 어떤 능력이 감춰져 있는지, 방금 전처럼 조건이 충족되었다고 해도 그 '조건'이란 게 당최 무엇인지 도통 알 수가 없었다.

'경험치 같은 건가? 아니면 특별한 도전 과제 같은 게 있는 건가?'

또는 둘 다일 수도 있고.

현일은 그에 대해서 생각을 그만두기로 했다. 그래봤자 알수 있는 건 없었다.

하여튼 지금 이하연의 음색은 너무나도 아름다웠다.

청중의 심금을 자극했다.

관객들의 입이 꾹 다물어졌다.

마치 머릿속에 지우개라도 있는 것처럼 모든 잡생각이 없어져 버렸다.

오직 음악과 이하연의 목소리만이 들릴 뿐이었다.

다만 조금 아쉬운 게 있다면 등급 상승이 일시적인 효과라는 것이다.

'그래도 얻은 게 더 많으니까.'

새로운 스킬도 얻었고 이하연의 인기도 지금보다 1.5배나 더 오를 것이다.

지금은 손뼉치고 좋아할 때였다.

현일도, 영서도, 이하연도, 관객도 모두.

'총학생회만 빼고.'

*   *   *

S대 총학생회실.

"검찰청."

"…뭐?"

회장의 말에 총무가 인상을 팍 찡그렸고, 부회장은 벙찐 표정으로 되물었다.

그러자 회장은 허탈한 듯 무심하게 대답했다.

"장부가 검찰 손에 있더라."

직접 인터넷을 살펴보니 이미 총학생회의 비리 사건은 'S대', 'S대 총학생회', 'S대 비리' 등으로 실시간 검색어에 올라와 있었고, 또 실시간으로 순위가 올라가고 있는 상태였다.

"그게 왜 거기 있는데요?"

"나도 모르지."

"젠장! 혹시 그 자식이?"

"누구?"

"최영서요. 얼마 전에 이딴 더러운 짓은 안 한다고 총학 나간 놈 있잖아요."

옆에서 가만히 듣고 있던 총무의 눈이 번쩍 뜨였다.

"아! 그러고 보니 걔가 나간 날에 장부를 잃어버린 것 같은데?"

그러자 부회장이 이를 악물었다.

"그럼 그 개자식이 범인이네!"

부회장은 지금 누가 범인이 될 입장인지 갈피를 못 잡는 모양이다.

"그놈 지금 어딨는데?"

"몰라. 전화해 볼게."

—고객님이 전화를 받으실 수 없어······.

그는 당장 영서에게 전화를 걸었지만 영서는 받지 않았다.

"젠장!"

당연한 일이었다.

부회장은 계속해서 욕지거리를 내뱉었다.

결국 전화하는 것을 포기하고 있는데 때마침 켜놓은 스마트폰의 화면이 부회장의 눈에 들어왔다.

그는 실검을 터치해 보았다.

[S대학교 총학생회의 실체!]

[S대 총학생회 비리 사건, 교수진도 연루되어 있나?]

[검찰청, S대 수사 착수!]

셋이 동시에 이와 같은 제목의 뉴스를 보고 있을 때, 그들의 폰에 전화가 빗발치기 시작했다.

총학생회 선후배부터 시작해서 학과 교수, 방송국 기자, 경찰청, 검찰청, S대 총장까지.

사실상 사회생활은 끝났다고 봐야 했다.

"허억!"

그들은 동시에 헛바람을 들이켰다.

"회, 회장님, 우리 이제 어떡해요?"

부회장이 벌벌 손을 떨며 말했다. 그러다 폰을 놓쳐 떨군 탓에 액정이 박살 났지만 그건 안중에도 없었다.

"…부회장아."

그중 회장의 마음이 가장 심란했다.

그도 그럴 것이 여기서 죗값이 가장 큰 사람이 그였으니까.

"예?"

"네가 다 책임져라."

"…예?"

"여기서 몇 명이라도 살아야지."

"그, 그게 무슨 소리예요?!"

회장이 무심한 눈빛으로 대답했다.

"다 같이 감방에서 겸상할 수는 없잖아?"

"회장이라고 해서… 아니, 제가 다 책임진다고 뭐가 달라져요? 이미 증거가 다 검찰에 넘어갔는데!"

"나는 빠져나갈 수 있지. 알잖아? 우리 아빠 국회의원인 거."

"……."

"부회장아, 미안하다."

"저, 저는 싫어요!"

"그래, 입 아프게 설득할 필요도 없다. 어차피 네가 다 짊어지게 될 테니까."

"이, 이……!"

부회장은 회장에게 달려들었다.

"어어? 갑자기 이거 왜 이러십니까, 부회장님?"

그러나 더 약 오르게 만드는 건 회장 옆에 달라붙어 서 있다가 달려드는 자신을 막아서는 총무였다.

알아서 기는 거다.

그래야 제 앞가림이라도 할 수 있을 테니까,

하지만 그런 인간이 더 얄미운 법이다.

부회장은 울분을 토했다.

"이 개새끼야! 네가 총학생회에 들어오라고 했잖아! 네가 먼저 꼬드긴 거잖아! 네가 제일 많이 챙겼잖아! 그런데 왜 내가 다 덮어써야 하는 건데?"

그는 얼굴이 새빨개져서 눈물을 흘리기 시작했다.

"그럼 대체 이유가 뭔데?! 왜 이런 짓을 시작한 거야? 금수저면서……. 있는 새끼가 더 한다 이거냐?"

"……."

"대답해 보라고, 이 새끼야!"

"…아빠가 용돈을 안 줘서."

회장의 대답은 가관이었다.

잠시 너무나도 황당해서 할 말이 없어진 부회장은 이내 분노가 머리끝까지 차올라 기어코 주먹을 휘두르기 시작했다.

"부회장님, 여기서 이러시면 안 됩… 악!"

자신을 막아서는 총무를 물리치고 회장에게 달려들었다. 싸움은 잘하는 부회장이었다.

회장이 놀라 손사래를 쳤다.

"자, 잠깐만! 우리 말로 하자, 말로!"

"닥쳐! 너 죽고 나 죽자!"

"아악!"

회장이 부회장에게 한참 동안 얻어맞고 있을 때 수사관들이 들이닥쳤다.

"그만하십쇼."

회장은 이미 코에서 피가 줄줄 흐르고 있고 눈은 퉁퉁 부어 있었다.

아무래도 부회장은 폭행죄가 추가될 것 같았다.

"…묵비권을 행사할 수 있으며……."

그들은 용의자를 검거했을 때 으레 하는 대사와 함께 셋을 끌고 갔다.

총무는 수사관의 바짓가랑이를 붙잡고 싹싹 빌었고, 부회장은 빽빽 소리를 질러댔다.

"허억! 하, 한 번만 봐주세요! 네? 전 아무것도 몰라요! 그냥 부회장이 시켜서 한 거예요! 정말이에요!"

"저, 저 새끼가……!"

"자세한 이야기는 취조실에 가서 하시면 됩니다."

"이거 놔요! 이게 무슨 짓이에요?! 전 축제를 책임져야 한다고요!"

"축제는 취소될 겁니다."

"아, 안 돼요!"

수사관들은 강하게 저항하는 부회장을 붙잡았다.

그때, 부회장은 마침 총학생회실을 지나가는 영서를 발견했다.

그는 수사관들의 손길을 물리치고 영서의 바짓가랑이를 붙잡더니 방금 전의 총무처럼 석고대죄하기 시작했다.

"영서야! 내가 잘못했다! 미안하다! 나 한 번만 살려주라. 응?"

"…전 그냥 학생일 뿐이에요."

영서는 그렇게 말하며 무심한 눈길로 부회장을 내려다보았다.

물론 그럴 마음은 없지만 설사 용서해 주고 싶은 마음이 있다고 해도 영서에게 그를 구제해 줄 방법은 없었다.

별안간 다시 붙잡힌 부회장은 이윽고 행패를 부리기 시작했다.

"쌍! 이거 놔! 놓으라고! 내가 이 학교를 어떻게 들어왔는데……! 크흑!"

흔히 말하는 부모님 백으로 비교적 쉽게 S대를 입학한 회장과는 달리 부단히 노력해서 들어온 부회장의 상실감과 허탈함은 이루 말할 수 없었다.

하지만 그렇다고 해서 지은 죄를 사해줄 수는 없는 법이다.

넋이 나간 부회장은 계속해서 횡설수설했지만, 아무도 그의 말을 들어주는 사람은 없었다.

영서는 그런 부회장이 조금은 안타깝기도 했다.

물론 어디까지나 자신의 잘못이지만, 그가 타락한 원인은 회장에게 있었으니까.

"잠시 자숙 기간을 갖고 착실하게 살면 다시 일어설 수 있을 거예요, 부회장."

영서는 그렇게 중얼거리며 잡혀가는 셋의 뒤통수를 바라보았다.

*   *   *

이하연의 공연이 끝났다.

우렁찬 함성을 내지르는 관객들의 배웅을 받고 S대에서 발걸음을 돌렸다.

이하연은 문 쪽을 흘깃 보았다.

경찰차들이 줄줄이 서 있다.

"뭐예요? 역시 무슨 일 있는 거죠?"

그녀의 얼굴엔 당황한 기색이 역력했다.

"총학생회에 안 좋은 일이 있는가 봐."

"설마 가수들한테요?"

같은 연예계에 종사하는 사람들이니 다음에 만났을 때 서로 얼굴 붉히는 일이 없어야 하니 그걸 걱정하는 것 같았다.

"그건 절대 아닐 거야. 그보다 어서 서두르자. 뮤직 스테이션에만 신경을 집중하자고."

"…네."

이하연은 고개를 끄덕였다.

하여튼 그녀 덕분에도, 그리고 총학생회 때문에도 S대는 삽시간에 떠들썩해졌다.

총학생회의 핵심 인원을 비롯한 몇 명의 간부도 동시에 입건되었고, 학교 안의 행사장은 시작하자마자 정리되기 시작했다.

S대 학생들은 저들끼리 소곤거렸다.

"무슨 일이야?"

"총학생회 임원들 다 잡혀갔다는데?"

"그래? 왜?"

"자세히는 모르고 어깨너머로 들은 건데 우리 대학 학생들 등록금이랑 행사비를 횡령했다던데."

"진짜로? 얼마나?"

"억 소리 난단다, 억!"

"그럼 우리가 낸 돈이 다 걔네들 주머니로 들어갔다는 거잖아? 미친 거 아냐? 학교는 왜 관리 안 했대?"

"나도 그것까지는 모르지."

이 사태에 대해 수많은 학생들이 항의할 것이고, 결국 날짜를 다시 잡아 행사를 하기야 하겠지만 영서는 그리 즐겁지만은 않을 것 같다는 생각이 들었다.

영서는 자신의 학과 교수를 찾아가 자퇴서를 내밀었다.

물론 자신에게 으름장을 놓은 부회장이 지금 잡혀 들어간 데다 증거 제공자로서 철저히 신변 보호를 받기 때문에 충분히 학교를 계속 다닐 수는 있겠지만 영서는 마음 가는 대로 하고 싶었다.

"저 학교 그만 다닐게요."

교수는 자퇴서를 한참 동안 바라보더니 이내 한숨을 푹 쉬면서 입을 열었다.

"후, 과가 마음에 안 들어? 의대라도 가려고 그래? 아니면 설마 오늘 일 때문에 그런 거야?"

"그런 건 아니에요. 공부도 좋지만……."

사실 별로 재미없지만.

"그런데?"

"그냥 다른 일을 하고 싶어서요."

"일단 앉아. 커피 마실래?"

"네."

교수는 조교에게 커피를 타오라고 했고, 이내 조교가 커피 두 잔을 가져와 둘의 앞에 내려놓았다.

"나도 이 일 오랫동안 했다. 너처럼 다른 일 하겠다고 자퇴해서 성공한 사람도 종종 봤지만 땅을 치면서 후회하는 녀석도 많이 봤어. 물론 네가 전자가 될지 후자가 될지는 중요한 게 아니야."

교수는 무미건조한 얼굴로 말했고, 영서는 고개를 끄덕였다.

교수가 말을 이었다.

"젊음은 이 세상을 다 준대도 못 바꿔. 과거로 돌아갈 수도 없고. 지금 네 나이 정도면 뭐든 할 수 있는 나이잖아?"

"네."

"그러니까 대학 졸업하고 아무거나 시작해도 전혀 늦지 않아. 게다가 넌 군 면제잖아? 남들보다 2년은 번 셈이라고. 힘들게 S대 들어와 놓고 구태여 졸업장을 버릴 필요는 없잖아?"

S대는 매년 학생들이 가고 싶어서 환장하는 학교였으니 등록금 줄어든다고 하는 말은 아닌 듯했다.

"저도 알아요. 하지만 제가 정말로 원하는 게 있어요. 그리고 전 그걸 최대한 빨리 시작하고 싶고요."

영서는 한 모금밖에 남지 않은 커피를 단숨에 들이켜고 말을 이었다.

"그저 학교에 안 와 제적당하면 그만이지만 군이 교수님께 그걸 제출한 건 그동안 가르쳐 주시고 좋은 말씀 많이 들려주신 것에 대한 예의입니다. 그러니 자퇴서를 청원해 주세요."

"…알겠네."

교수는 무겁게 고개를 끄덕였다.

휴학은 어떠냐며 물어보려고 했지만, 영서의 분위기와 말이 가진 무게에서 이미 마음속으로 결정을 내렸음을 알아차렸다.

이내 자퇴서에는 교수가 자필 사인을 했고, 영서는 꾸벅 허리를 굽혔다.

"그럼 기회가 있으면 언젠가 또 뵙고 싶습니다. 안녕히 계세요."

"그래, 무슨 일인지는 몰라도 이왕 하는 일인 거 열심히 해라."

"네."

그 말을 끝으로 영서는 발걸음을 돌렸다.

*　　　　　*　　　　　*

TV 아사히 뮤직.

"우리가 진짜로 뮤직 스테이션에 출연하는구나!"

차에서 내린 민유림이 여전히 믿어지지 않는다는 듯 탄성을 내뱉었다.

그도 그럴 것이 뮤직 스테이션의 무대에 올라서기 위해서는 여러 지방 방송이나 케이블 방송으로 인기를 쌓다가 메이저 방송인 헤이헤이헤이 텔레폰 박스를 거쳐 오는 것이 일반적인 한국 가수들의 수순이기 때문이다.

한데 맥시드, 아니, GCM 소속의 가수들은 모두 그 과정을 건너뛰고 단숨에 뮤직 스테이션에 왔으니 말 다한 수준이다.

그렇게 할 수 있던 건 무라카미 프로듀서가 직접적으로 말을 하진 않았지만 딸이 정말로 맥시드의 팬인지는 둘째 치고라도 역시 사라 테일러의 Pride가 그 몫을 톡톡히 하고 있는 것이다.

일본의 상점가에서도 그 음악을 듣는 것 정도는 예삿일이었고, 무라카미는 혹여 현일을 통해 사라 테일러를 뮤직 스테이션에 초빙할 수 있을까 기대하는 감도 없잖아 있었다.

"난 일본에 와본 것도 처음이야."

"난 외국 자체가 처음인데?"

"우리 저번에 하와이 갔었잖아, 이 지지배야."

"아 참. 그랬지?"

"……."

맥시드는 저마다 소감을 표현했다.

김채린이 김수영을 힐난했다.

"이제 콘셉트인지, 아니면 진짜로 멍청한 건지 모르겠다."

"맘대로 생각하서. 알아서 잘 편집하겠지?"

현재 맥시드는 예능 촬영이 진행 중이기에 M본부의 촬영팀이 따라온 상태였다.

윤석진의 후배인 신 PD가 기획한 프로그램으로 며칠 동안 아이돌을 따라다니면서 진행되는 버라이어티 쇼+다큐멘터리 방송이었다.

그리고 첫 방송이 맥시드의 분량이다.

"얘들아, 카메라 앞에서까지 그러고 싶어? 좀 자중해."

"뭐 어때? 아직 꺼져 있는데."

"촬영 시작하겠습니다!"

민유림이 미묘한 신경전을 벌이는 둘을 제지하자 김수영이 별것 아닌 양 대답했다.

그러자 촬영팀 조연출들이 저희들끼리 속닥거리기 시작했다.

"김채린이랑 김수영이 서로 사이가 안 좋은 것 같은데?"

"그러게. 그래도 뭐, 어차피 성격 더러운 연예인들 많은 거이 바닥 사람이면 다 아는 사실 아니야?"

"하긴, 특히 걸스라인이 심하더라. 나 걔네들 촬영할 때 진짜 죽는 줄 알았잖아."

"해체될 만하네."

"목소리 좀 낮춰. 듣겠다. 그래도 한지윤은 되게 좋더라. 예쁘지, 착하지, 몸매 좋지. 부러워 죽겠다니까?"

"맞아, 맞아."

그러자 한지윤이 그 쪽을 쳐다보며 살짝 목례를 했다.

소곤거리던 조연출들은 어색하게 웃으며 마두 인사를 해주었지만, 갑자기 등골이 싸해졌다.

고개를 드니 아니나 다를까, 김채린과 김수영이 싸늘한 시선으로 자신들을 바라보고 있다.

"……."

아무래도 PD한테 한소리 들을 것 같았다.

*   *   *

한편, 일본에 도착한 현일과 이하연 일행은 비행기에서 내리자마자 즉시 TV 아사히 뮤직으로 이동했다.

'휴, 다행히 시간 맞춰서 왔네.'

둘은 먼저 와 있는 두 팀의 대기실로 가서 인사를 했다.

"안녕하세요."

"오랜만에 뵙습니다. 남선홉니다."

"민유림이에요. 반가워요."

"이하연이에요. 맥시드는 실제로 뵙는 게 이번이 처음이네요."

이하연은 그들 모두와 악수를 나누고 배정받은 대기실로 들어갔다.

항상 스케줄이 다르기에 MMF나 맥시드를 마주칠 기회가 좀

처럼 없었기 때문이다.

MMF는 따로 그들만의 연습실이 있기도 하고.

"우리 회사 가수들이 한자리에 모이는 건 또 처음이네."

"듣고 보니 그러네요."

"모처럼 모인 건데, 일 끝나고 한잔하러 갈까?"

"좋은 생각이에요!"

현일이 회식을 제안하자 이하연이 답했다.

아마 두 팀도 흔쾌히 동의할 것 같았다.

"그런데 맥시드는 미성년자 아니에요?"

"걔들은 콜라 마시라고 해야지."

"리허설 시간이니까 스튜디오로 이동해 주세요. 작곡가님은 리허설 모니터링을 어디서 하시겠습니까?"

무라카미 프로듀서가 몸소 들어와 말했다.

"아무 데서나 가능합니까?"

"예."

"그럼 객석에서 하고 싶네요."

"알겠습니다. 생방송 때는요?"

"그때는 그냥 라운지에서 TV로 보겠습니다."

"예."

잠시 후 리허설이 시작되자 가장 먼저 '라시아'라는 5인조 남성 그룹이 무대에 올라갔다.

현일과 세 팀은 그들의 모습을 관심 있게 지켜보았다.

1999년에 데뷔한 다소 경력 있는 그룹임에도 불구하고 활기차게 '잘 부탁드립니다!' 하며 카메라를 향해 인사하는 모습이 보기 좋았다.

　스탠드 마이크를 자신의 키에 맞게 조정하고 중앙에 모여 자신이 서 있는 포지션을 확인하거나 카메라의 위치를 눈에 담았다.

　전반적으로 한국의 가수들과 크게 다를 바 없는 모습이다.

　'이쪽으로 오네.'

　라시아의 멤버인 니야노미가 관객의 위치에서 세트장을 둘러보기 위해 객석으로 왔다.

　'응?'

　그 순간 현일이 눈이 색다른 빛을 발했다.

Chapter 2
길을 연다

[니야노미 카리나즈]

—직업: 가수

—가창력: 에픽

—댄스: 레어

—인기: 에픽

[뮤직 스테이션 출연 후 인기 2.4% 상승]

이와 같은 메시지가 니야노미의 머리 위에 나타나 그가 걸을 때마다 허공에 둥둥 떠다니고 있었다.

'이게 바로 안목 스킬의 효과인가?'

그럴 가능성이 높았다.

이제 어느 정도 새로 얻은 스킬이 정리된 느낌이다.

음악과 관련된 직종에 종사하는 사람에게만 뜨는 건지 아닌지는 모르지만, 전자라고 해도 분명 유용한 능력임에는 틀림없었다.

그래도 이 능력을 가졌다고 해서 구태여 높은 등급의 유망주를 찾아다닐 생각은 없었다.

'나 자신의 등급이 높아지면 된다.'

그렇게 생각하니 현일은 내심 자신의 등급이 무척 궁금해졌다.

'거울을 한번 볼까? 난 어떤 정보가 나올까?'

아무래도 작곡가이니 작곡 능력에 관한 정보가 나올 거라고 생각되는 게 당연지사이다.

현일이 주머니를 뒤적거렸다.

평소 거울을 들고 다닐 이유가 없기에 스마트폰 전면 카메라로 자신의 얼굴을 비춰보았다.

한참 동안 가만히 화면을 들여다보았지만 현일은 자신의 등급을 볼 수가 없었다.

'…그냥 그런가 보다.'

그러나 대수롭게 여기지는 않았다.

지금 당장 등급이 낮다고 해서 영원히 낮을 것도 아니고, 그 반대의 경우도 마찬가지일 테니까.

하지만 곧 한 가지는 확신할 수 있었다.

'최소 에픽 등급은 될 거다.'

그렇지 않고서야 에픽 등급의 노래를 만들 수 있을 리가 없었다.

문득 사라 테일러의 Pride가 떠올라 혹시 전설 등급도 가능하지 않을까 하는 기대감이 들었지만 현일은 고개를 저었다.

그건 어디까지나 자신이 만든 음악이 아니었다.

'상식적으로 생각해 봐도 내가 전설의 작곡가라면 지금쯤 이미 유니크 등급 정도의 음악을 못해도 몇 개는 작곡했을 거야.'

또한 현일은 한 가지 더 추측해 볼 수가 있었다.

바로 요행이나 편법을 이용한다면 자신의 등급보다 높은 등급의 노래를 작곡할 수 없는 건 아니라는 것이다.

물론 그 편법이 일반적인 방법으론 불가능하다는 게 문제긴 하지만.

현일은 리허설을 지켜보며 다른 일본 가수들을 둘러보았다.

라시아 이후 팀들의 리허설 또한 그들과 크게 다를 바가 없었고, 역시나 유니크급 잠재력을 가진 가수는 나타나지 않았다.

'심지어 스페셜 방송인데……'

장장 세 시간을 연달아 방송하는 만큼 평소의 세 배에 달하는 출연자가 왔음에도 그랬다.

살짝 실망감이 없잖아 있었지만 불평할 입장은 못 되었다.

현일 자신만 해도 아직 유니크 작곡가가 아니었다.

'하지만 곧 된다.'

세계 제일의 작곡가가 되어야 하니까.

'내 취향에 맞는 노래는 찾기가 힘드네.'

얼마 후, 하품이 나올 즈음에 GCM의 가수들이 세트장으로 들어섰다.

현일은 그들 모두를 주의 깊게 지켜봤다.

그중에서도 종합적으로 가장 등급이 높은 사람을 세 명만 꼽으라면 남선호, 한지윤, 그리고 이하연이다.

현일은 절로 고개가 끄덕여졌다.

자신도 어느 정도 예상한 결과이기 때문이다.

남선호는 작사 능력이, 한지윤은 인기가, 이하연은 가창력이 각각 에픽 등급에 달했다.

리허설이 끝나고 나자 이하연이 현일에게 물었다.

"저 어땠어요?"

"좋았어. 그렇게만 하면 돼. 너무 긴장하지는 말고."

"네."

긴장한 모습이 보이기도 했지만 적당한 긴장감은 더 좋은 결과를 내주는 법이다.

현일은 MMF에게는 현실적인 충고를 해주었다.

"괜찮았습니다만, 생방 때는 조금만 더 잘해주셔야 됩니다. 아시다시피 우리 회사 가수들이 이곳에 처음으로 진출한 만큼

더욱더 TV 아사히와 일본 대중에게 깊은 인상을 남길 필요가
있습니다."

　남선호는 진지한 표정으로 무겁게 고개를 끄덕였다.

　"명심하겠습니다."

＊　　　　　＊　　　　　＊

　뮤직 스테이션 출연자 대기실.

　"으으, 긴장돼."

　민유림이 끙끙 앓는 소리를 냈다.

　그러자 김채린이 다가와 그녀를 다독여 주었다.

　"긴장 안 되는 사람이 여기 어딨겠어? 그래도 우리를 키워준
작곡가님께 보답하려면 최대한 열심히 해야지."

　"어쩔 때 보면 꼭 네가 리더 같다니까."

　그래도 이 순간 가장 걱정되는 사람은 따로 있었다.

　"지윤아!"

　"으, 응?"

　김채린이 한지윤에게 다가가 그녀의 손을 확 낚아챘다.

　"손톱 물어뜯지 마."

　"응, 안… 그럴게."

　"고개 들고 어깨 펴고 웃어야지. 지금까지 하던 것처럼 잘할
수 있지?"

"아, 아마도……?"

"할 수 있지?!"

"응!"

"에휴, 꼭 우리 엄마 보는 것 같다, 야."

"김수영 너는… 뭐, 알아서 잘 하겠지."

"그러엄~ 이 몸이 누구신데."

*　　　　*　　　　*

TV 아사히 뮤직의 라운지.

하여튼 시간이 지나고 생방송이 시작되자 현일은 자판기에서 커피 한 잔을 뽑았다.

'완전히 자판기 천국이네.'

온 천지에 별의별 자판기가 배치되어 있는 일본.

이내 상념을 털어내고 관계자에게 제공되는 라운지에서 통역사와 함께 소파에 앉아 진행되는 생방송을 지켜보았다.

원래 같았으면 당연하게도 객석에 앉아 관객들의 반응을 직접 확인하고 싶었지만 여기는 일본이다.

알아들을 수도 없을뿐더러 관객이 몇 명인데 그런 걸 일일이 통역사에게 부탁할 수도 없는 일이었다.

물론 듣고 있는 음악에 대해 실시간으로 긍정적인 반응인지 부정적인지 확인하고 싶다면 못할 것도 없지만 그건 어떤 부분이 좋고 나쁜지 구체적으로 확인하기가 힘들었다.

'직접 말을 들어봐야 하는 거니까.'

차라리 지금 옆에 있는 사람에게 물어보는 게 더 나을 것 같았다.

가능하다면 무라카미 프로듀서와 의견을 나누고 싶었지만 그는 세트장에서 지시를 내려야 하는 사람이다.

지금은 MMF가 무대에 나와 있고, 사람들의 환호성이 들려왔다.

스튜디오에서의 함성이 라운지까지 들려오자 현일은 흡족한 미소를 지었다.

"Make Me Famous라……. 좋은 그룹이네요."

현일이 말을 걸려고 고개를 돌리는 순간 그가 먼저 MMF를 언급해 왔다.

"아, 감사합니다."

현일은 빙긋 미소 지으며 살짝 목례를 했다.

"저 밴드와 같은 회사 소속의 작곡가 맞으시죠?"

"예."

"그럼 본인이 직접 작곡하신 노래겠네요."

"그렇죠."

"밴드명이 꽤나 재밌습니다. 노래는 그것보다 더 좋고요. 아무래도 작곡가님과 제 취향이 비슷한 것 같습니다. 사실 어떤 면에서는 한국어보다 영어가 더욱 일본 대중음악 시장을 공략

하기가 더 힘듭니다. 일본 사람들이 영어를 못해서 그런 건 아니고요. 하하하하!"

그는 호탕하게 웃었다.

"하하하하……."

"인사가 늦었습니다. 저는 이런 사람입니다."

그는 그렇게 말하며 현일에게 명함을 건넸다.

물론 일본어를 모르기에 통역사에게 보여주니 이름은 쿠도 준이치, JSP 엔터테인먼트의 스테이지 기획자인 것 같다는 대답이 돌아왔다.

현일은 잠시 상념에 빠져들었다.

'JSP… 뭐였더라? 분명히 들어봤는데……'

결코 작은 회사는 아니었다.

"저희 JSP의 스테이지 기획팀은 일본과 외국 엔터테인먼트 소속의 연예인들을 일본의 여러 무대에 연결해 주는 일을 하고 있습니다."

"브로커 같은 거군요."

"쉽게 말하면 그런 거지만 자세한 사정은 좀 다릅니다. 하여튼 일본에 가수를 진출시키고 싶을 때 JSP를 통하면 훨씬 더 쉽고 편하게 일을 처리하실 수 있을 겁니다."

"예를 들면요?"

현일은 흥미가 동했다.

쿠도 준이치는 친절하게 설명해 주었다. 자연스럽게 사업 얘기로 흘러가고 있는 중이다.

"음, 그냥 단순히 중개 역할을 하는 건 아닙니다. 일본 거의 대부분의 공연장은 JSP 엔터테인먼트와 제휴를 맺고 있습니다."

"어떤 형식의 제휴죠? 광고입니까?"

"광고를 안 하는 건 아니지만, 그것보다는 '연결'을 좀 더 중시하고 있습니다. 제휴를 맺은 행사장은 JSP와 계약이 되어 있는 업체 소속의 연예인을 특정 주기마다 일정 T/O 이상 무조건 받기로 되어 있습니다."

"T/O를 많이 제공 받을수록 비용도 비싸지겠네요."

"부정은 하지 않겠습니다. 다만 직접 애쓰며 찾아다니는 것보다 수고와 비용을 많이 아끼실 수 있을 겁니다."

그가 커피를 한 모금 홀짝이고는 말을 이었다.

"그리고 시간도요."

"하하하, 시간은 금이죠."

"물론이죠. 천금을 주고도 못 사죠. 한국의 메이저 기획사인 SH엔터테인먼트 또한 저희 회사와 뜻을 함께하고 있습니다. 그 외에도 몇 있고요."

'어쩐지 SH 가수들이 뮤직 스테이션을 호텔방처럼 수시로 들락날락한다 했더니 그런 이유가 있었군.'

그 말에 현일은 기분이 살짝 언짢았지만 내색하지는 않았다.

그곳과 사이가 안 좋은 게 알려져서 좋을 건 없었다.

"예를 들면 어떤 무대와 연결 가능합니까?"

현일이 가장 궁금한 문제였다.

쿠도 준이치는 잠시 눈을 감고 이마를 짚으며 곰곰이 생각했다.

"지금 우리가 있는 이곳은 물론이고 도쿄 돔이라든지, 오사카의 쿄세라 돔, 나고야 돔, 후쿠오카 야후오쿠 돔, 오이타 은행 돔, 삿포로 돔 등등 경기장과 도쿄 오챠드 홀… 등 일일이 열거하기가 힘들 정도입니다."

"JSP가 상당히 큰 회사인가 봅니다."

"두말하면 잔소립니다. 하하하!"

현일은 오른손을 내밀며 악수를 청했다.

그러나 일단 한 발 물러나기로 했다.

"좋은 얘기 감사합니다. 일단 천천히 생각해 보는 게 좋을 것 같습니다."

"예, 존중합니다. 무슨 일이든 신중하게 결정해야 하니까요. 하지만 우리를 선택한다면 절대 후회하시는 일은 없을 거라고 보장합니다."

원래 다 저렇게 말하는 법이다.

하지만 현일은 실없는 소리는 아닌 것 같다는 생각이 들었다.

그건 쿠도 준이치의 목소리에서 나오는 감정을 보면 알 수 있다.

"그럼 수고하세요."

"예. 그럼 다시 뵐 날이 있기를 기대하겠습니다."

*　　　　　*　　　　　*

집.

"망할 년. 큭큭. 죽인다. 죽여 버릴 거야. 크크큭."

어느 어두컴컴한 방 안에서 미친 여자는 일본의 어느 음악 프로그램 생방송을 보며 분노의 칼날을 갈고 있었다.

미친 여자는 예리한 칼로 자신의 손목을 그었고, 이내 붉은 피가 주르륵 흘러내렸다.

핏방울이 뚝뚝 떨어져 마룻바닥을 적셨다.

"으헤헤헤헤……."

미친 여자는 계속해서 웃음을 흘려대며 무어라 알 수 없는 말을 중얼거렸다.

집 안의 벽이란 벽은 온통 이하연의 사진으로 도배되어 있었고, 거기엔 바늘이나 압정 같은 온갖 뾰족한 물건이 찍혀 있었다.

미친 여자의 정체는 유은영이었다.

그녀는 표절 사건 이후 집 안에만 처박혀 밖으로 나가본 적이 단 한 번도 없었다.

누구에게도 현관문을 열어주지 않았으며, 누구의 전화도 받지 않았다.

머리카락은 아무렇게나 헝클어져 있고 눈 밑의 다크서클은 턱까지 내려왔다고 해도 과언이 아니었다.

모두가 엄지를 척 치켜 올릴 정도로 아름답던 과거의 유은영은 더 이상 어디에도 존재하지 않았다.

"그년이 다 망쳐놓은 거야."

바닥까지 무너질 대로 무너진 유은영은 그 원인이 이하연에게 있다고 생각했다.

원래부터 성격 파탄자였지만, 이제는 아예 심각한 과대망상 장애까지 앓고 있는 그녀였다.

"크흑, 크큭……."

칼로 연신 이하연의 사진을 내려찍던 그녀는 별안간 입가에 호선을 그리면서 얼굴의 반을 가리는 선글라스와 넓적한 캡 모자를 푹 눌러썼다.

그렇게 드디어 집을 나서기 시작했다.

*　　　　　*　　　　　*

검찰청 취조실.

S대 총학생회의 비리는 관련된 임원뿐만이 아니라 몇몇 교수들까지 사건에 연루되어 있다는 사실이 밝혀질 뻔했으나 총학생회 회장의 아버지가 어떻게든 사건을 무마시키려 애쓰고 있었기에 아직까지 사건의 진상은 세상에 드러나지 않고 있었다.

"여깁니다, 의원님."

"고맙네."

경만호 국회의원이 검찰청 공무원의 마중을 받으며 취조실로 들어서자 그의 아들이 보인다.

용의자로 취조실에 앉아 있는 회장은 눈물로 퉁퉁 붓고 멍투성이가 된 얼굴 때문에 오히려 피해자처럼 보일 지경이다.

"대체 뭔 짓을 한 거냐?"

"크흑, 흑……."

당연히 아버지가 구원해 줄 거라 철석같이 믿고 있는 회장이었기에 사실은 하나도 슬프지 않았지만 우는 척 연기하는 그였다.

지금 이 순간만큼은 연기 대상감이라 해도 부족하지 않을 정도였다.

"말을 해라, 말을!"

'아빠가 용돈을 안 주니까 그런 거잖아!'라고 속으로 외치는 회장.

"죄송해요. 흑……. 그냥 처음엔 재미……."

"재미?"

"…가 아니라 유주형 그 녀석이 장부 보면서 이런 거 조금씩 빼가도 아무도 모른다고… 그래서……."

마치 미리 시나리오를 짜놓기라도 한 듯이 아무렇지도 않게 거짓말이 입에서 술술 나오는 회장이다.

모양새가 연기자나 소설가를 해도 충분히 성공할 것 같았다.

"유주형?"

"부회장이요."

"이, 이 녀석이! 아무리 그래도 그렇지, 네가 거기다 동조하면 어쩌자는 거냐!"

"저도 안 하려고 했는데… 그 녀석이 자꾸 주먹을 들이밀면서 협박하는데 어떡해요? 보세요. 제가 이제 그런 짓은 그만두자고 했다가 여기 눈탱이가 밤탱이가 됐잖아요! 흐으윽!"

비록 상황은 달랐지만 어쨌든 맞은 흔적이 확실했고, 수사관들도 폭행당하는 장면을 직접 보았기에 경만호는 아들의 말을 믿었다.

아니, 믿고 싶어 했다.

그는 주위를 둘러보더니 크게 한숨을 쉬며 입을 열었다.

"아까 취조받았지?"

"네."

"뭐라고 했어?"

"방금 아버지께 말씀드린 거랑 똑같이 했어요."

"잘했다. 앞으로는 무슨 질문을 하든지 절대 아무 말도 하지마."

"알았어요."

"으휴, 힘들게 대학 보내놨더니만."

"죄송해요."

경만호 의원은 호통을 쳤지만 열 손가락 깨물어 안 아픈 데 없다고, 제 자식이 이렇게 울고 있으니 마음 한편이 아려왔다.

제아무리 속 썩이는 자식이라지만, 아들을 감옥에 보낼 수는 없었다.

그리고 이미 SNS와 여러 매체를 통해 비리 사건이 알려지면서 경만호와 그가 속해 있는 당이 여론의 몰매를 맞고 있는 탓에 이미지에도 심각한 손상을 입었다.

만약 아들의 혐의가 확정된다면 다음 총선 이후에는 더 이상 여의도에 갈 일이 없어질 공산이 컸다.

'어떻게든 막아내야만 한다!'

그는 두 손을 불끈 쥐었다.

"네 말은 전부 사실이겠지?"

"당연하죠, 아버지!"

이미 부회장에게 모든 혐의를 덮어씌워야겠다고 작정한 두 사람이었다.

                    *   *   *

뮤직 스테이션 스튜디오.

뮤직 스테이션에서는 가수가 공연을 시작하기 전, 다음 공연 대기자들이 앉아 있는 곳에서 출연진과 잠깐 동안 인터뷰 시간을 갖는다.

그리고 지금은 맥시드의 차례였다.

원래 현일이 처음 무라카미 프로듀서와 대면했을 때는 맥시드를 제일 먼저 보내기로 했지만, 방송국의 사정이라는 게 여러모로 복잡한 법이다.

그래서 미안하다는 의미에선지 뭔지 맥시드를 골든 타임에 출연할 수 있게 무라카미가 배려해 주었다.

'나중에 무라카미에게 술이라도 한잔 사야겠네.'

현일은 어쩌면 쿠도 준이치가 자신을 만나러 온 것과 관련되어 있을지도 모르겠다는 생각이 들었다.

아무튼 TV 속에서는 뮤직 스테이션의 얼굴마담과도 같은 유명한 개그맨 모리타가 먼저 리더인 민유림에게 질문을 던졌다.

"엠스테 첫 등장이네요?"

"네, 그렇습니다. 오늘 일본에서 새로 데뷔하게 되었습니다. 우리 맥시드도 일본 팬 여러분을 만나는 것을 손꼽아 기다렸어요. '짧은 머리'라는 신곡으로 이렇게 만나게 되어서 너무 기뻐요. 팬 여러분의 많은 사랑 기대하고 있습니다. 잘 부탁드립니다."

"제목이 짧은 머리인데 이번 곡의 콘셉트가 뭔가요? 멤버들 모두의 머리가 짧은 것과 관련이 있는 건가요? 하하!"

"네, 그게… 사실 제가 지난 곡부터 오랫동안 단발이었는데요, 그 모습이 질린다는 팬들의 의견이 있어서… 그걸 작… 회사에 말했더니……."

한지윤은 자초지종을 얘기했고, 진행자 둘은 웃음을 터뜨렸다.

'응? 그런 이유가 있었어? 못 들었는데?'

맥시드의 나머지 셋은 고개를 갸웃거렸다.

이번 콘셉트가 그렇게 시작되었다는 건 전해 들은 적이 없었다.

"하하하, 그런 비화가 있었군요. 그런데 지윤 씨는 어째서 팬들의 성화에도 불구하고 단발을 고수했던 건지……."

"아! 그, 그건……."

한지윤의 얼굴이 발그레해졌다.

"흐음, 뭔가 말할 수 없는 비밀이라도 있는 것일까요? 더 궁금해지는군요. 예를 들면 마음속에 있는 누군가의 취향이라든지… 하하하하!"

진행자가 짓궂게 농담을 했지만 한지윤은 임기응변으로 대처했다.

"어머니의 취향이세요. 제가 영원히 고등학생이길 바라는 마음에서……."

"아~ 그렇습니까? 성인이 되면 부모의 곁을 떠나게 되니까요. 부모님을 생각하는 마음이 지극하시네요. 지금부터 노래할 텐데 기분이 어떤가요?"

이번 질문은 침착하게 민유림이 이어받았다. 연습생 때부터 일본어 교육이 충분히 되어 있었다.

"네, 일본에서의 첫 공연인지라 살짝 긴장되지만 상당히 기대되네요."

"그런가요. 자~ 맥시드 여러분의 일본에서의 첫 퍼포먼스는 지금부터 시작됩니다. 두 눈 번쩍 뜨고 지켜봐 주세요!"

현일은 보면서 절로 고개가 끄덕여졌다.

'맥시드의 임기응변이 제법이네. 역시 SH가 저런 교육은 잘 시킨단 말이지.'

쿠도 준이치는 처음부터 현일을 기다리고 있던 모양인지 아까 대화가 끝나자 곧장 뮤직 스테이션을 떠났다.

어쨌든 맥시드가 무대 위에 올라오자마자 우레와 같은 함성이 터져 나왔다.

환호가 커질수록 그에 비례하여 맥시드의 긴장감도 커졌다.

'후······.'

대기실에서 다른 멤버들을 격려하던 김채린도 사실 나머지 셋 못지않게 긴장되기는 마찬가지였다.

꿀꺽 하고 절로 침이 삼켜졌다.

정식으로 데뷔하기 전부터 MMF나 이하연처럼 꾸준히 어딘가의 무대라도 서본 경험이 없는 맥시드로서는 그럴 만도 했다.

외국에서 공연한다는 건 그 느낌부터가 다른 데다 자신이 잘못하면 회사에 손해를 입힐 수도 있다는 생각 때문이기도 했다.

그도 그럴 것이 그녀들은 GCM엔터테인먼트에 깊은 애착을 가지고 있었고, 두 소녀는 현일에게도 호감을 갖고 있었다.

그렇다고 SH에 있을 적의 유은영처럼 연습생 시절부터 전폭적인 지원을 받은 것도 아니었다.

그렇게 긴장한 모습이 역력한 맥시드는 혹여 그런 자신의 모습을 사람들이 알아채지는 않을까 걱정하기도 했지만 그건 기우에 불과했다.

모두들 그런 그녀들이 귀엽다는 반응이었다.

—귀엽네. 역시 아이돌은 저런 맛이 있어야 해~

—요즘 일본의 아이돌은 공장에서 찍어 나오는 탓에 생기가 없다구.

—오호~ 저것이 한국형 아이돌인 것입니까? 헬본의 아이돌과는 차원이 다르군요. 역시 한국은 마음의 모국.

—분명 한국과 일본은 형제의 나라일 것인데, 어찌하여 이리도 수준 차이가 나는지······.

ㄴ한국은 10년 전의 일본, 즉 한국도 10년 후엔 우리처럼 될 것이야.

이것이 일본 네티즌의 일반적인 반응이었다.

'마지막 댓글은 많이 비공감이지만 전반적으로 좋네.'

이윽고 맥시드의 무대가 시작되었고, 그녀들은 여느 때처럼 아주 자연스럽게 춤을 추며 노래를 불렀다.

그토록 그녀들을 괴롭히던 긴장감은 눈 녹듯이 사라졌다.

언제나 그랬던 것처럼.

'카메라워크도 좋고.'

2010년에만 해도 뮤직 스테이션에 출연한 한국의 아이돌은 수개월 동안이나 어째선지 무성의한 카메라워크(카메라 포지션, 앵글, 이동 등 카메라를 구사하는 것)를 받았는데 지금은 카메라맨들이 발에 불이 나도록 이리저리 뛰어다니고 있었다.

안무와 가사에 맞춘 연출과 적절한 타이밍에 구사하는 현란한 CG까지.

스튜디오에서 직접 보는 것과는 또 다른 TV만의 묘미였다.

무엇보다 딱 봐도 성의가 있다.

무라카미의 딸이 맥시드의 팬이라는 건 그냥 립 서비스가 아닌 모양이다.

'공들인 티가 나네. 성공적이다.'

[방송 연출이 시각적인 효과를 자극합니다.]

['맥시드—짧은 머리'의 등급이 일시적으로 레어에서 에픽으로 상향됩니다.]

현일은 흡족한 미소를 지었다.

사실 끝내 짧은 머리를 에픽으로 만들지 못한 게 너무 아쉬웠다.

비록 이번에도 저번처럼 일시적이라지만 이하연 때 확인한 바와 같이 결코 그 효과를 무시할 수는 없었다.

노래의 등급이 원래 에픽이었을 때 그 노래가 꾸준히 많은 수입을 가져다준다면 일시적으로 에픽이 되었을 땐 단기간에 큰 이익을 얻을 수 있었다.

한 번에 인지도가 확 늘 때 그걸 계속 유지할 수 있다면 인기는 저절로 붙는다.

다음은 드디어 마지막인 이하연이 출연할 차례였다.

무대를 성공적으로 끝마친 MMF와 맥시드가 일본에서 주목하는 팀이라면 이하연은 오히려 한국에서 더 주목하고 있었다.

S대 축제에서 한순간에 무려 50%나 인기를 끌어올리고 한번에 집중받은 영향이 컸다.

─오오~ 드디어 나온대!

─이하연, 이름도 너무 예쁜 가수. ㅎㅎ

─크~ 한류 뽕에 취한다~ 주모~!

─나, 이 가수 방금 S대 공연 영상 보고 바로 팬 됨.

─저도 그 영상 봤어요. 그거 무슨 사건 때문에 출연비도 안 받고 공연했다더라고요. 완전히 천사임, 천사.

─에이~ 돈을 어디 가수가 받나요? 회사가 다 가져가지. 회사에선 수고비라도 챙겨줬겠죠.

그건 그렇긴 하죠.

─네~ 정규현 빠돌이님, 별풍선 100개 감사합니다~!

한국에서 인터넷 음악 방송을 진행하는 BJ의 시청자는 만 명을 넘어섰다.

'재주는 우리가 부리는데 돈은 이 양반이 다 버네.'

현일은 한국의 반응을 실시간으로 모니터링하며 피식 조소를 머금었다.

그래도 기분은 좋았다.

다르게 생각하면 이런 사람이 얼떨결에 GCM엔터테인먼트의 홍보를 도와주는 셈이다.

'누이 좋고 매부 좋은 거지.'

현일은 이내 잡념을 털어내고 형형색색의 조명이 비추는 무대 위의 이하연을 바라보았다.

그리고 다시 한 번 S대에서의 그녀를 떠올렸다.

일시적으로 에픽 등급으로 상승한 노래.

'그럴 만해.'

이하연의 가창력이 에픽이니 높은 등급의 가수는 낮은 등급의 노래를 끌어올릴 수 있을 거라는 생각이 들었다.

그 반대의 경우도 가능할 것이고.

엠스테의 진행자가 이하연에게 말을 걸었다.

"오늘은 일본에서 첫 데뷔를 하는 한국의 가수들이 많이 왔군요. 하하하!"

"그러게요. 전 아직도 제가 이 자리에 있다는 게 얼떨떨해요."

이하연은 일본어를 모르기 때문에 모리타가 일본어로 질문하면 그녀가 한국어로 대답하는 묘한 광경이 연출되었다.

귀에 꽂혀 있는 이어폰으로 동시통역을 전달받고 있기에 가능한 일이다.

사실 뮤직 스테이션에서는 그리 드문 일이 아니었다.

모리타가 빙긋 미소 지으며 그녀에게 물었다.

"안 믿겨지시나요?"

"네, 엠스테에 출연하게 된 것을 정말 영광으로 생각하고 있어요."

"그렇군요."

아닌 게 아니라 뮤직 스테이션은 언제나 시청률 10%~15% 정도로 TV 아사히의 간판 프로그램이다.

말이 10%지 떨어진 시청률이 그 정도면 정말 말 다한 수준이다.

즉 TV 아사히를 먹여 살리는 방송이라고 해도 과언이 아니었다.

거기다가 엠스테 효과라는 게 있다.

인기는 없지만 실력 있는 가수가 뮤직 스테이션에 출연하면 그날부터 인지도와 음반 판매량이 수직으로 상승하는 기적을 만들어주는 곳이 바로 여기였다.

또한 방송은 모두 라이브로 진행된다. 그렇다고 모든 가수가 라이브를 하는 건 아니지만 가수가 노래를 정말 잘하는 것처럼 연출해 주는 프로그램이기도 한 것은 분명했다.

그러니 자연스레 엔터테인먼트 업체는 기를 쓰고 소속 가수를 뮤직 스테이션에 출연시키려고 하는 것이다.

"자, 그럼 이하연 씨의 무대가 이제 곧 시작됩니다. 모두들 기대해 주세요!"

진행자의 멘트와 함께 1분 정도 이하연이 한국에서 출연한 방송 자료로 그녀를 홍보해주었다.

1분이 지나자 비로소 그녀의 무대가 시작되었다.

*　　　*　　　*

[GCM엔터테인먼트, 도쿄의 밤을 뜨겁게 달구다. 환상적인 라이브 퍼포먼스!]

―매주 금요일 오후 8시에 진행되는 TV 아사히의 뮤직 스테이션에서 GCM엔터테인먼트(이하 GCM)은 소속 가수를 세 팀이나 내보내는 기염을 토했다.

폭발적인 라이브와 카리스마 넘치는 퍼포먼스가 어우러진 환상적인 무대로 뮤직 스테이션을 가득 채운 현지 관객들을 열광케 했다.

그리고,

[Make Me Famous, 음악 시장의 새로운 장을 열다!]

―락 밴드라는 한국에서 다소 마이너한 타이틀을 달고 작

년 파워스타에서 우승을 거머쥔 바로 그 그룹, Make Me Famous(이하 MMF)는 시원한 보컬과 밴드의 홍일점인 선현주의 톡톡 튀는 신시사이저 연주로 현지 관객의 어깨를 들썩이게 했다.

이어,

[맥시드, 일본 '뮤직 스테이션' 출연 후 인기 폭등! 그것도 골든 타임?!]

―일본에서 활동한 경력이 전혀 없음에도 불구하고 영향력이 큰 공중파 음악 방송에, 그것도 황금 시간대에 출연한 것은 매우 이례적인 일로 맥시드의 인기를 방증한 것이란 평가이다.

또한 컬러는 뮤직 스테이션 방송 직전 인기 토크쇼인 '미니스테'에도 출연해 모리타, 케치우타 요에시와 함께 유창한 일본어로 대화를 나누며 예능감을 뽐냈다. 덕분에 맥시드의 '좌우'와 '짧은 머리'는 뮤직 스테이션 방송 직후 모바일 음원 차트에서 각각 5위, 3위에 진입하는가 하면……

[이하연 日음악 프로그램 출연, 돌풍에 대비하라!]

―이하연은 뮤직 스테이션의 분당 시청률을 2%나 끌어올리며 일본 대중의 시선을 사로잡았다.

일본 시청률 전문 조사기관인 비디오 리서치에 따르면 '뮤직 스테이션의 평균 시청률이 10.8%인데 이하연이 노래를 부를 때 분당 시청률이 13%까지 치솟았다. 인기 가수들에게도 흔치 않은 기록이다'라며 감탄을 자아냈다.

이날, 뮤직 스테이션 출연 이후 한국과 일본 양국에서 엄청난 호응을 이끌어냈다.

그건 한준석에게서 걸려온 전화만 들어도 알 수 있었다.

─작곡가님, 음반을 증판해야 될 것 같습니다.

입가에 미소가 지어졌다.

"누구 말입니까?"

─우리 회사 가수들 전부 다입니다.

"지금까지 얼마나 찍었죠?"

─4개월 전부터 찍은 MMF 정규 1집이 총 10만 장인데 다 팔렸습니다.

"다른 건요?"

─최근부터 정규 앨범을 내기 시작한 맥시드와 이하연이 5만 장 출고했고, 마찬가지로 다 팔렸습니다.

"예상 수요가 어느 정도 됩니까?"

─전부 다요?

"예."

─최소 100만 장은 될 겁니다.

"생각보다 훨씬 많군요."

─예. 아, 그리고 검사 박정훈 사운드트랙 CD도 30만 장을 찍기로 했습니다.

현일의 얼굴에 함박웃음이 절로 피어났다.

드라마 OST는 모두 현일이 직접 작곡한 것이기에 회사와 조금만 나누면 그대로 현일의 수입이 되어줄 예정이다.

그리고 다음에 이어지는 한준석의 말에 현일은 놀라움을 금할 수 없었다.

그리고 현일은 그 소식을 회식 자리에서 가수들에게 전해줘야겠다고 생각했다.

*   *   *

"오, 예~! 드디어 인센티브가 들어왔어!"

뮤직 스테이션은 출연자에게 곽 티슈 다섯 개씩을 나눠 주는 전통이 있었다.

그 두 배를 받아 챙긴 뒤 진동이 울리는 폰의 문자메시지를 확인한 김수영의 외침이다.

그에 민유림이 의아한 표정으로 물었다.

"얼마나?"

"삼백!"

"우리 뭐 먹으러 가자!"

"일단 그전에 나한테 감사부터 하라구."

김수영의 요구 사항이 맥시드 전원에게 돌아갔기 때문이다.

"그래, 니 똥 굵다."

"응, 굵어. 그리고 나 돈 아껴야 돼."

"오~ 항상 돈 들어올 때마다 펑펑 쓰더니만 이제 저축을 시작하는구나?"

"아니. 백 사야 돼."

"그럼 그렇지. 좀 아껴라."

"남이야! 나중에 월드 스타가 될 텐데 그때는 매일 돈 쓰고 다녀도 오히려 쌓이기만 할 텐데."

그러자 김채린이 안쓰럽다는 눈빛으로 김수영을 쳐다봤다.

김수영은 그럼에도 아랑곳하지 않았다.

"으으, 술 마시고 싶다."

"너 미성년자잖아."

"뭔 상관이야? 요즘은 초딩들도 마시는데."

"꿈 깨. 일본은 신분증 검사 철저히 하니까."

"쳇, 이 나라는 그런 쓸데없는 데에만 철저하네."

"지윤아, 너는 뭐 할 거야?"

"응? 나는 부모님 드려야 해서……."

결국 먹을거리는 민유림이 사게 되었다.

호텔 안에서 그녀들은 입을 우물거리면서 진실 토크를 시작했고, 빙빙 돌던 사이다 병이 한지윤을 가리켰다.

"…다음 질문할 사람?"

"나!"

김채린이 손을 들며 장난기 가득한 표정으로 물었다.

"있잖아. 너 단발로 자른 이유가 뭐야?"

옆에서 나머지 둘이 거들었다.

"아, 맞아! 나도 궁금했는데!"

한지윤의 얼굴이 귀까지 붉어졌다.

"그, 그건… 절대로 말 못해."

"뭐야?! 진실 게임이잖아."

"에이~"

"다, 다른 건 뭐든지 말해줄 테니까 제발……."

"그러니까 더 궁금해지는데?"

"안 돼."

"알았어, 알았어. 음, 그럼 좋아하는 사람은 누구야?"

한지윤이 화들짝 놀랐다. 앞 질문에 너무 당황한 탓에 이런 정곡을 찌르는 공격이 들어올 줄은 상상도 못한 탓이다.

"비밀이야!!"

"오~ 있다는 거네? 좋아하는 사람이?"

한지윤은 일순간 당황한 얼굴이 되었다.

민유림은 그냥 떠보았을 뿐인데 딱 걸려든 꼴이다.

한지윤은 별수 없이 고개를 끄덕여야 했다.

"응……."

나머지 셋은 흥미 가득한 표정을 지으며 이구동성으로 물었다.

"누구야?"

"끝! 끄읕! 질문 세 개 끝났잖아!"

"하나는 대답 안 했으니까 무효지."

"아니야. 흑……."

그녀는 결국 얼굴을 감추고 흐느끼기 시작했다.

"김수영, 넌 왜 자꾸 애를 몰아세우고 그래?"

"내, 내가 뭘? 너희들도 다 공범이야!"

김수영은 애써 책임을 회피하려 했지만, 좌우지간 그녀의 말도 일리가 있었다.

한지윤이 평소 극도로 내성적이라는 것을 알기 때문에 더욱 그녀의 마음이 궁금했고, 그렇기에 셋은 미안해졌다.

'…난 대체 왜 이러는 걸까?'

그러나 사실 그녀가 우는 것은 자책이었다.

'차라리 이 아이들에게라도 털어놓을 수 있다면 좋을 텐데……'

확실하게 자신의 마음을 어필하지 못하고 용기도 낼 수 없는 자신을 책망하는 거였다.

계속 이대로라면 김채린에게 선수(先手)를 빼앗겨 버릴지도 모른다. 하지만 그녀와 사이가 멀어지는 것도 싫었다.

"미안해."

그런 한지윤을 김채린이 안아주었다.

          *   *   *

GCM의 가수들과 현일은 함께 일본의 어느 식당으로 갔다.

'바로 옆이야.'

얼떨결에 현일과 딱 붙어 다니던 한지윤은 자연스럽게 현일의 옆자리에 앉게 되었다.

그녀는 가슴이 두근두근했다.

"100만 장이랍니다, 100만 장."

"정말이요?"

남선호가 믿을 수 없다는 듯 눈이 휘둥그레져 물었다.

"네, 지금부터 바로 찍어낼 겁니다."

"그럼 저희 MMF가 한 30만 장 되는 건가요?"

GCM엔터테인먼트 모든 가수의 음반 수요가 총 100만 장이고 맥시드와 이하연도 있으니까 각각 30~35만 장일 거라고 생각하는 남선호였다.

사실 현일도 처음엔 그렇게 생각했는데 아니었다.

"아뇨, 한 팀당 100만 장씩입니다."

"허억!"

남선호가 너무도 놀란 나머지 헛바람을 들이켰다.

사실 그건 현일만 빼고 여기 있는 사람들 모두 마찬가지였다.

앨범 한 장에 만 원이고, 백만 장이면 백억이다.

"엠스테 효과가 엄청나죠."

"엠스테 효과요?"

"엠스테(뮤직 스테이션)에 출연만 하면 판매량이 급증하거든요. 그걸 엠스테 효과라고 해요. 물론 그것 때문만은 아닐 겁니다. 모두들 열심히 해주었으니까요."

아무리 뮤직 스테이션에 출연한다고 해도 모두가 그 효과를 볼 수 있는 건 아니었고, 열 배 가까이 판매고가 상승하는 일은 거의 일어나지 않았다.

'에픽 등급이라서 가능했겠지.'

일단 곡이 좋고 가수가 잘해야 한다.

물론 그게 충족되지 않으면 애초부터 뮤직 스테이션에 나갈 수도 없겠지만 말이다.

남선호가 현일의 술잔을 채우며 입을 열었다.

"축하드립니다. 플래티넘 히트 작곡가가 되셨네요. 하하하하!"

"감사합니다, 플래티넘 히트 가수님."

"순식간에 회사가 엄청 커지겠는데요. GCM에 오고 싶어 하는 가수들이 많아지겠습니다."

"아무래도 그럴 것 같습니다. 그런데 우리가 소수 정예 같은 느낌이라서요. 아무튼 갑자기 오디션을 열고 그러진 않을 겁니다."

"야, 야, 앨범 100만 장 팔면 우리한테 떨어지는 돈이 얼마야?"

김수영이 김채린의 옆구리를 툭툭 건드리며 물었다.

"정산 비율이 2%니까 니가 5천만 원 갖는 거야."

"음, 2%라고 하면 적은 것 같은데 5천이라고 하니까 많은 것 같기도 하고……."

"SH였으면 단돈 10원도 안 줬을 거니까 고마운 줄 알아."

"자, 이토록 기쁜 날인데, 다 같이 축배를 듭시다."

서로의 잔이 쨍 하고 부딪쳤다.

＊　　　　＊　　　　＊

인천국제공항.

MMF가 먼저 한국으로 돌아갔고, 뒤이어 맥시드와 이하연, 현일이 한국에 도착했다.

비행기에서 내린 뒤 와자지껄 떠들며 카메라와 마이크를 들이미는 기자들을 물리치고 각자의 손에 이것저것 싸들고 면세점을 지나왔다.

그리고 그런 그들을 지켜보는 누군가가 있었다.

"으흐흥… 큭큭……."

푹 눌러쓴 모자와 선글라스, 바바리코트까지 분명 행색이 수상할 법도 하건만, 기자와 공항 여행객의 틈에 둘러싸여 유은영은 은밀히 움직이며 이하연에게 접근했다.

현일 일행이 공항 검색대를 통과하자마자 유은영은 속주머니에 숨겨둔 예리한 버터 플라이 나이프를 꺼내 들고 달려들었다.

"꺄아아아악!"

이내 유은영의 흉기를 발견한 누군가가 소리를 질렀고, 경호원들이 그녀를 목격했다.

"뭐, 뭐야!"

"야! 저 미친년 막아! 막으라고!"

"옙!"

잠시 후, 경호원들이 유은영과 몸싸움을 벌이기 시작했다.

현일 일행은 그 장면을 얼떨떨한 표정으로 바라보았다.

"크아아아악! 죽여 버릴 거야!!"

그렇게 비명을 지르는 유은영은 거의 눈이 까뒤집히기 일보 직전이었고, 벌린 입에서는 침이 툭툭 튀어 경호원들의 인상을 찌푸리게 했다.

기자들은 그런 그녀를 보며 소곤거리기 시작했다.

"그런데 저 여자, 꼭 어디서 본 것 같지 않아?"

"어? 나도 그 생각 하고 있었는데?"

이하연은 크게 당황하여 어쩔 줄 몰라 하고 있었다.

"작곡가님, 저 사람 뭐예요?!"

"음, 누군지 알 것 같긴 한데 확실하진 않다."

"누구요?"

"저 목소리는 유은영… 아닌가?"

그때, 경호원들과의 몸싸움으로 선글라스와 모자가 벗겨지고 여자의 정체가 드러났다.

"헉! 유, 유은영이다!"

누군가의 그 외침이 방아쇠를 당겼다.

보기 영 좋지 않은 몰골이었지만, 어쨌든 그 순간 기자들의 카메라 플래시가 펑펑 터지기 시작했다.

"유은영 씨! 지금까지 어디서 뭘 하고 있었습니까?!"

"유은영 씨! 이하연을 해치려는 의도가 뭡니까? 혹시 예전의 그 표절 사건과 연관이 있는 겁니까?"

"대답해 주세요!"

"유은영 씨!"

"유은영 씨……."

대체 어떻게 알고 온 것인지 곧이어 여러 방송국의 촬영팀이 국민들에게 안줏거리를 제공하기 위해 달려오기 시작했다.

[유은영, 금일 오후 가수 이하연 피습 시도.]

[오랜 기간 잠적을 깨고 돌아온 유은영, 그 행태는… 충격적!]

[유은영, 이렇게 스스로 파멸을 자초하나.]

[갈 데까지 간 유은영……. SH의 잘못인가?]

유은영이 갈 데까지 갔네.

SH야 소속 연예인 관리 제대로 안 하냐!

지금 당장 SH 주식 매각하러 간다. 이놈의 회사는 만날 안 좋은 일만 일어나네. 어제도 반 토막, 오늘도 반 토막, 내일도 반 토막…….

ㄴ니 인생도 반 토막 ^^

지금 이 순간 온 국민의 관심사는 유은영에게 쏠려 있었다.

'…환장하겠네.'

그녀는 계속해서 발악하며 이하연에게 달려들려 했지만 결국 경호원들에게 제압되었고, 최후에는 정신병원에 수감되었다.

*　　　　*　　　　*

현일의 작업실.

—형.

"응?"

—유주형 선배 좀 도와줄 수 있어?

"유주형? 그 부회장?"

—응.

"왜? 잘못을 했으니 벌을 받아야지."

—그런데 그 잘못을 혼자서 덮어쓰기 일보 직전이야.

현일은 콜라를 입으로 가져가던 손을 멈추고 물었다.

"무슨 일인데?"

—회장의 아버지가 경만호라는 국회의원인데, 압력을 넣어서 유주형 선배에게 모든 죄를 덮어씌우려는 것 같아서.

꽤나 심각한 이야기였다.

현일은 입가에 띤 웃음을 지우고 자세를 바로 했다.

"누구한테 들은 거야?"

—유주형 선배한테 직접.

"알았어. 내가 어떻게든 해볼게."

현일은 영서와의 전화가 끝나자마자 다시 김원호 의원에게 전화를 걸었다.

"접니다, 의원님."

―무슨 일이요?

언제나 용건만 간단히 하라는 것 같은 단호한 목소리였다.

"경만호 의원이 아들의 비리를 감추기 위해 여러 곳에 압력을 행사하고 있답니다."

―그래서 그걸 내 힘으로 어떻게 해달라 이건가?

"…예."

―알겠네. 내 그때 말한 게 있으니 도와주지.

"감사합니다."

김원호는 현재 많은 국민의 지지를 받고 있었고, 그것은 그의 힘이 되어주었다.

―그런데 말일세.

"예."

―요새 내 딸과 연락은 하나?

"방금 하려고 했습니다. 음악의 전당 문제로 많은 일이 있어서요."

―그런가? 아무든 우리 성아를 잘 부탁하네.

"물론입니다."

―그럼 믿고 맡기겠네.

"예."

현일은 그렇게 김원호에게 자초지종을 얘기해 주었고, 마찬가지로 전에 만난 기획사 대표들과 윤석진 이사에게도 소식을 알려주었다.

　그렇게 다음 날이 되자 세상은 또 한 번 시끄러워졌다.

　─다음 뉴스입니다. 지난번 S대 총학생회 비리 사건 기억하시죠? 다들 그 후 어떻게 되었을까 궁금해하시리라 생각합니다. 예, 결국 사건의 주모자인 경만해 학생 외 일곱 명은 현재 구속 수사 중에 있으며 곧 법의 심판을 받게 될……

　그리고 그 현장이다.

　검찰청과 방송국에서도 경만호 의원과 그의 아들을 공격하기 시작했고, 결국 덜미가 잡혔다.

　"아빠! 아빠! 나 이제 어떻게 되는 거야?!"

　"후, 지금 검찰과 국회 양쪽에서 압력이 들어오고 있다. 조금만 더 참거라."

　말은 그렇게 했지만 이미 다 끝났음을 직감한 경만호였다. 그래도 지금 이 순간만큼은 아들을 안심시켜 주고 싶은 한 명의 아버지였다.

　"그래서 어떻게 된다는 거냐고?!"

　"이, 이놈이! 이게 다 네 녀석이 자초한 일 아니더냐!"

　"아니야!"

　"네가 거짓말한 것 때문에 이 애비가 얼마나 고생했는지 알아!"

　"으흑! 아빠, 아빠 국회의원이잖아. 뭐라도 좀 해보라고. 크흑!"

그는 비로소 울기 시작했다.

이번 울음은 지난번처럼 연기가 아닌 진심이 담긴 눈물이었다.

그렇다고 참회의 눈물은 아니었다.

그저 자신이 감옥에 가서 헛된 시간을 보내게 될 거라는, 그리고 아들인 자신에게 아무것도 해주지 못하는 무능력한(?) 아빠 밑에서 태어났다는 운명에 대한 원망과 실의의 울음이었다.

정말 감옥에 가지 않고선 정신을 못 차릴 모양이다.

앞으로 경만호는 이제 정치가가 아닌, 한 국가의 국민으로 돌아가게 될 예정이었고, 총학생회의 임원과 연루된 교수들은 모두 법의 심판을 받게 되었다.

MBC는 시청률, 김원호는 지지율, 그리고 기획사의 대표들은 S대에 위약금을 물어주지 않게 됐고, 다음 행사 때 출연비나 학교 캠퍼스 내 부스와 같은 혜택을 가져갔다.

"작곡가님."

이지영이다.

"응?"

"MBC에서 방송 섭외 요청이 들어왔는데 하시겠어요?"

"무슨 프로그램인데?"

"오디오스타예요."

오디오스타라면 엔터테이너 몇 명 데려다 놓고 네 명의 진행자와 노가리를 까는 방송이다.

"하지, 뭐. 시간 되면."

"그럼 스케줄 잡아놓을게요."

"어째 갑자기 네가 내 매니저가 된 것 같다?"

그러자 이지영이 한숨을 토하며 대답했다.

"작곡가님이 정작 본인 일은 별로 신경을 안 쓰니까 그런 거잖아요. 제가 그것 때문에 얼마나 귀찮은지 알아요? 예?"

"알았어. 알았으니까 잔소리 좀 그만 해."

현일은 궁여지책으로 바쁜 척 수화기를 들고 이지영에게 나가라고 손을 휘저었다.

실제로 바쁘기도 했다.

아무튼 김성아에게 전화를 걸었다.

"오늘 시간 돼?"

―네, 돼요.

얼마 후, 김성아가 도착했다.

"잘 지내셨어요? 오랜만이네요."

"잘 지냈어. 여러 일 덕분에."

"흥, 근데 요즘 왜 이렇게 연락이 뜸해요?"

김성아가 토라진 얼굴을 하고 입술을 삐죽였다.

"연락 안 한 건 너도 마찬가지잖아."

"정말 작곡가님은 여자를 어떻게 대해줘야 하는지 하나도 몰라요. 솔직히 연애 경험 없죠?"

"응, 없어."

그러자 그녀의 눈이 휘둥그레졌다.

"…진짜로요?"

"믿거나 말거나. 아무튼 음악의 전당 말인데……."

김성아가 웃으며 현일의 말을 잘랐다.

"만나자마자 그 얘기예요?"

"이 얘기 하려고 부른 건데?"

"우리 어디 바람이라도 쐬고 와요."

"너 꼭 내가 아는 어떤 잔소리꾼이랑 똑같이 말한다?"

'그러니까 그게 여자의 마음이라고요, 이 답답한 사람아.'

김성아는 그 말이 목 밑까지 차오른 것을 가까스로 삼켰다.

"별로 생각 없으면 안 가도 돼. 음악의 전당."

"그런데 정말 갈 수 있긴 한 거예요?"

"안 되면 되게 해야지."

"…그래요. 말씀해 보세요."

"일단……."

                    *   *   *

음악의 전당 라운지.

현일은 음악의 전당 콘서트홀 담당 기획자와 만났다.

"최현일입니다."

"음악의 전당 공연 기획과 과장 신재영입니다."

공연 기획과 과장이면 이곳의 실무 직책 2인자나 마찬가지다.

그는 현일의 행색을 순식간에 훑어보고는 말을 이었다.

"어쩐 일이십니까? 요새 연예계에서 가장 핫한 인물이 여길 다 오시고."

"방송은 몇 번 타본 적이 없는데 말입니다."

"그래도 그쪽 업계 종사자들의 입에선 항상 오르내리는 게 당신의 이름일 겁니다."

신재영은 '우리'가 아닌 '그쪽' 업계라고 말했다.

구태여 그렇게 표현한 것은 분명 거리를 두기 위함일 거라는 생각이 들었다.

"마치 이곳이 제가 올 곳이 아니라는 말처럼 들리는군요."

"뭐, 군이 부인하지는 않겠습니다. 보아하니 소속 가수를 이쪽 무대에 올려보고 싶은 생각이신 것 같은데… 힘들 겁니다."

"전례가……."

신재영은 테이블에 잔을 거칠게 내려놓았다.

그는 현일의 말을 가로채며 목소리를 높였다.

"없는 건 아니지만 상황이 많이 달라졌습니다!"

"예?"

"그때는 당시 사장님께서 개인적으로 조영필 씨의 팬이기도 했고 실제로 음악 자체가 좋기도 했죠. 사실 애당초 예전의 규정 자체가 좀 약한 편이었어요. 지금이라면 대중 가수는 누구도 이곳에 오르지 못할 겁니다. 인수이도 마찬가지고요. 차라리 세종문화회관으로 가보시는 게 빠르겠네요."

세종문화회관은 알게 모르게 음악의 전당과 알력 다툼을 하는 곳이다.

음향 상태가 안 좋아 음악의 전당과 많이 비교되고 있고, 공연 악단과 공연의 질부터 큰 수준으로 차이가 났다.

때문에 현재 대부분의 클래식 공연은 음악의 전당에서 열리고 있는 실정이었다.

그러니 세종문화회관으로 가라는 것은 명백히 조롱의 뜻이 담겨 있는 말이었다.

현일은 잠시 들어온 문자메시지를 보고는 그에게 물었다.

"세종문화회관에 가보셨나요?"

"그럼요."

"파이프오르간이 제법 멋지더군요."

세종문화회관 대극장에 있는 파이프오르간은 국내 최대 규모이다.

"…그런 걸 놔둬서 뭐에 쓴답니까? 그냥 한낱 장식용일 뿐인데."

"여기서는 콘서트홀 합창석 뒤쪽 벽에 설치하려고 했다가 예산 문제로 무산되었다면서요?"

"……"

"그리고 장식용이라뇨. 아니, 오히려 그래서 더 가치 있는 거 아닙니까? 예술을 다루시는 분 아니었어요? 돈이 부족하시면 어떻게… 제가 좀 보태 드려요?"

"크흠! 아무튼 대중 가수는 절대로 여기 못 옵니다. 이젠 더이상 할 얘기가 없을 것 같군요."

파이프오르간 건은 현일의 말대로 흐지부지되어 버렸기에 음악의 전당의 치부였고, 내부에서 쉬쉬하는 문제였다.

그런데 현일이 그것을 어떻게 알고 있는지는 몰라도 그는 어서 현일을 쫓아내고 싶었다.

그러나 그렇게는 안 될 것 같았다.

"그렇다는 건 저도 여기에 못 오른다는 건가요?"

"…예?"

신재영은 어디선가 들려오는 목소리에 흠칫 몸을 떨었다.

그 목소리의 정체는 다름 아닌 사라 테일러였다.

"방금 미스터 신께서 대중 가수 따위는 음악의 전당에서 안 받아준다고 하셨는데, 저도 대중의 사랑을 먹고사는 가수라서 말이에요. 제가 잘못 들은 걸까요, 아니면 통역가가 일을 제대로 못하는 걸까요?"

Chapter 3
반짝이는 모든 것이
금은 아니다

신재영이 허겁지겁 손사래를 쳤다.

"아, 아닙니다! 분명 통역하시는 분이 통역 과정에서 뭔가 오해가……."

"그럼 통역가가 잘못했다는 건가요? 미국인 부모 밑에서 태어나 한국에서 자란 사람인지라 큰돈 주고 고용한 분인데……."

"아, 아니… 그, 그게 아니라요!"

"그게 아니고요?"

"그러니까… 그, 그게……."

너무 당황해서 자꾸만 횡설수설해 대는 신재영 과장이다.

사라 테일러는 음악의 전당에서, 나아가 전 세계적으로 입지가 깊고 넓은 인물이다.

거장, 천재, 위대한 음악가 등등의 칭호가 모두 그녀를 가리키고 있었다.

과장이 상대할 수 있는 레벨이 아닌 것이다.

아래위로 눈알을 굴리던 신재영은 이내 숨을 쉴구멍을 발견했다.

"자, 잠시만 기다려 주십쇼. 바로 사장님 불러 드리겠습니다!"

"그전에 먼저 제 질문에 대답해 주시겠어요?"

"예, 예? 아, 죄, 죄송합니다!"

"저한테가 아니라 이분께 사과하셔야죠."

"이분… 이라뇨?"

그러자 사라 테일러는 정중하게 현일을 가리켰다.

"저의 작곡가님이세요."

"헙!"

신재영은 크게 당황했다. 놀라서 크게 뜬 눈이 튀어나올 정도로.

왜냐하면 Pride의 저작권은 오로지 사라 테일러의 이름으로만 등재되어 있기도 하고, 그녀 본인도 작곡가의 신상을 철저히 비밀에 붙였다.

Pride의 작곡가가 최현일이라는 사실을 알고 있는 사람은 외국에도, 한국에도 손에 꼽을 정도였다.

그녀의 다른 작품에도 현일의 이름은 없었다.

물론 그녀가 부담스럽다는 이유로 결국 Pride의 저작권 일부를 현일에게 넘겨주긴 했다.

현일도 딱히 거절할 구실을 찾지 못했다.

그는 조심스럽게 물었다.

"실례지만 무슨 곡을 작곡하셨는지⋯⋯?"

"Pride입니다."

현일이 직접 대답했다. 신재영이 현일을 획 돌아봤다.

"⋯믿을 수 없습니다."

"믿지 않으시면 어찌해야 될까요? 사실인 것을. 증빙 서류라도 보여드려요?"

"아닙니다."

"그리고 그 이전에 이분은 당신이 상대할 사람이 아니에요. 치프 매니저도 아니고 엄연히 한 기획사의 대표시라고요. 아, 혹시 작곡가님의 요청인가요?"

현일이 고개를 가로저었다.

"아뇨. 전 솔직히 누가 나오든 상관없습니다. 단지 말만 잘 통한다면요."

"⋯⋯."

그러자 신재영이 둘의 눈치를 보며 조심스레 입을 열었다.

"⋯지금까지 실례를 한 것 같습니다. 지금 즉시 사장님을 모서오겠습니다."

"아뇨, 괜찮습니다. 그분도 바쁘시겠지요. 그쪽도 엄연히 공연 기획과 과장님 아니십니까? 자격은 충분하죠. 앉으세요."

현일이 방금 전까지 앉아 있던 의자를 가리키며 말했다.

상대의 무안함을 덮어주면서 체면까지 세워주기 위한 배려였다.

그리고 덧붙였다.

"그럼 김성아의 커리어에 대해 처음부터 다시 차근차근 심도 있는 대화를 나눠보고 싶습니다만……."

"…알겠습니다."

사라 테일러는 그 모습을 보며 빙긋 미소를 지었다.

그녀가 얼마나 음악계에서 영향력이 있는 인물인지 잘 알 수 있었다

"다시 뵙게 돼서 반가워요."

인사가 늦었지만 둘은 전혀 개의치 않았다.

"저도요."

"드디어 작곡가님께 보답을 할 수 있게 되었네요. 사실 언제 연락해 주시려나 기다리고 있었거든요."

"영광이네요. 하하하!"

"그 김성아라는 사람의 노래, 저도 들어봤어요. 그녀도 분명 재능 있는 훌륭한 아티스트예요. 음악의 전당에서도 충분히 활약할 수 있을 겁니다."

"물론입니다. 그렇지 않다면 이곳에 올 생각도 안 했을 겁니다."

"하지만… 언젠가 저의 라이벌이 될지도 모르겠네요."

"그건 아직 먼 이야기인 것 같습니다."

사라 테일러가 입꼬리를 올렸다.

"근데 저의 곡은 언제 작곡해 주실 건가요?"

그녀 또한 작곡에 수없이 도전해 봤지만 이렇다 할 성과가 없었다. 그때 마침 현일이 연락을 준 것이다.

"그럼 한번 테일러 씨가 만든 곡을 들어봐야 될 것 같은데요."

"사라라고 불러주실래요?"

"네, 사라."

그러자 그녀가 싱그러운 미소를 지었다.

잠시 동안 대화를 나누다가 그녀는 주위를 둘러보더니 이내 아쉬운 표정으로 입을 열었다.

"아쉽지만 오늘의 만남은 다음으로 미뤄야겠어요. 점점 보는 눈이 많아지는 것 같네요."

"네. 머지않아 뵐 날이 있을 것 같습니다."

"기대할게요."

*   *   *

MK엔터테인먼트.

현일은 민경우 사장에게 김성아의 캐스팅에 대한 소식을 전해주기 위해 MK엔터테인먼트에 와 있었다.

그가 전화를 못 받는 상황인지 연락이 되질 않아 마침 김성아도 볼 겸 이곳으로 오게 된 것이다.

"안녕하세요?"

사옥의 복도를 걸어가고 있는데 마침 웬 중학생 정도 돼 보이는 여학생이 허리를 굽히며 현일에게 인사를 해왔다.

'낯이 익은데?'

평소 같았으면 그냥 간단히 화답해 주고 넘어갔을 일이지만 현일은 고개를 갸웃거렸다.

"어, 안녕. MK 연습생이야?"

"네, 이번에 새로 들어온 신입 연습생인 권하경이라고 해요. 잘 부탁드립니다, 선배님!"

"아! 네가 권하경이구나?"

"네? 절 아세요?"

현일은 헛기침을 했다.

"난 연예인은 아니고, 그냥 너희 사장님 얼굴 좀 보러 온 거야."

"아~ 그럼 뭐 하는 분이신가요?"

"작곡가지."

"우와~ 되게 멋있는 일 하시네요!"

"하하하! 그런가?"

"그럼요!"

확실히 그런 면이 있었다.

생각해 보면 음악가, 작가, 사업가 등등 그들의 상품을 흔하게 접하면서도 정작 주위에는 그러한 직업을 가진 사람이 드물었다.

그리고 사람들은 그 직업을 가진 사람을 두고 멋있다고 말하는 경향이 있는 것 같았다.

"고마워."

"그런데 작곡가님은 그럼 어떤 노래 만드셨어요?"

"김성아의 노래라고 하면 알려나?"

"헐, 대박! 저 그 노래 완전 좋아하는데! 저 사인해 주시면 안 돼요?"

현일은 절로 흐뭇한 미소가 지어졌다.

"자, 두 장 가져가라."

"가, 감사합니다!"

"그래, 연습 많이 하고 꼭 나중에 성공해서 나한테도 사인해 줘."

"네, 작곡가님! 안녕히 가세요!"

권하경은 꾸벅 허리를 숙였다.

잠시 후, 현일은 민경우와 대면했다.

"하하하하! 그게 정말입니까?"

"예."

"고맙습니다!"

"고맙긴요. 가수에게 좋은 곡을 주고 좋은 무대에 올리는 게 제 일인데요, 뭐."

"아무리 그래도 가수에게 그렇게까지 애를 써주는 작곡가는 세상 어딜 가도 없습니다. 우리 회사에 있는 매니저를 다 합쳐도 최현일 작곡가님 한 명을 못 따라갈 것 같습니다."

"과찬이십니다."

"과찬은 무슨… 후……"

갑자기 민경우의 어깨가 축 처지며 한숨을 내뱉었다.

"왜 그러십니까?"

"크흠! 내 작곡가님 앞에서만 푸념하는 건데, 요즘 우리 회사에 인재가 없어서 큰일입니다."

그는 현일을 경쟁자가 아닌 동료로서 대하고 싶은 것 같았다.

"지금 연습생 중에 권하경이란 애가 있더군요."

"예, 눈이 똘망똘망하고 예의도 바른 게 열심히 하긴 합니다. 한데 권하경은 왜요?"

"아까 오는 길에 잠깐 만났거든요. 애가 참 싹싹하고 씩씩하던데요."

민경우는 다시 한 번 크게 한숨을 내쉬며 말했다.

"예, 그렇긴 한데 영 실력이 늘지 않는 것 같아서 안타까운 애입니다."

"그 아이는 노력한 만큼 분명 나중에 빛을 볼 것 같습니다. 잘 키우는 게 좋을 거예요."

MK는 가수보다는 연기자를 키우는 기획사였고, 언젠가 권하경은 배우로서 크게 성공하게 될 것이다.

그것도 김성아의 뒤를 이을 정도로.

지금 안 뜬다고 해서 푸대접을 해버리면 결국 다른 기획사로 갈 거고, 그럼 민경우는 땅을 치고 후회하게 될 터였다.

그리고 그런 일이 전생에서 한 번 일어났다.

민경우가 눈을 반짝였다.

"작곡가님 눈에는 그렇게 보입니까?"

"예, 장담합니다. 제법 의리도 있는 녀석이라 MK가 기획사로서의 역할만 잘해주면 다른 회사로 도망가는 일도 절대 없을 겁니다."

'…그런데 그걸 작곡가님은 어떻게 그리 확신하십니까?'

민경우는 그것을 그저 생각으로만 끝냈다.

현일이 저렇게 단호한 눈빛을 내비칠 때면 언제나 틀린 적이 없었다.

*   *   *

MK엔터테인먼트 연습실.

"이야~ 넌 개인 연습실도 주는 거야? 팔자 좋네?"

현일은 김성아의 연습실을 둘러보며 감탄했다.

보통 중소 기획사는 연습실 자체가 없는 경우도 드물지 않은데, MK는 김성아에게만 따로 연습실을 제공해 주었고 시설도 범상치 않았다.

'공간도 넓고.'

무슨 헬스장처럼 간단한 운동기구에서부터 웨이트 기구도 놓여 있고 장비도 모두 고급스러웠다.

그녀가 MK에서 얼마나 입지전적인 인물인지 알 수 있는 대목이다.

"말만 개인 연습실이죠, 뭐. 요새 신입들 키운다고 오히려 제가 쓸 시간도 없는 형편인 걸요."

"사장이 안 된다고 한 걸 네가 박박 우겨서 연습생들도 쓸 수 있게 해준 거겠지."

"아니, 그걸 어떻게……?"

"그냥 그럴 것 같아서."

사실 김성아는 방금 현일이 사장을 만나고 온 걸 모르고 있었다.

현일이 말을 이었다.

"이런 게 있으니까 요즘 우리 회사에 안 오는 거였네."

"아니에요."

"그럼?"

그 말에 김성아의 얼굴이 토라졌다.

'작곡가님이 안 계시니까요.'

그걸 몰라주니 그녀는 답답해 미칠 것 같았지만 내색하지는
않았다.

"히히, 작곡가님이 원하신다면 앞으로는 GCM 연습실로 가도
록 할게요."

"아냐, 괜찮아. 이렇게 좋은 데가 있는데 굳이 올 필요는 없
지. 어차피 우리 가수들이 써야 되기도 하고."

그녀는 자신의 실수를 자각했다.

현일은 밀당의 개념이 없는 인간이란 것을 망각한 것이다.

"…제가 간 게 실례가 된 건 아니죠?"

"그럴 리가. 맥시드도 너 또 보고 싶다고 난리야."

"지금 그 아이들 연습실에 있어요?"

"그럴걸?"

"그럼 가요! 저도 맥시드 보고 싶어요."

"왜?"

"팬이니까요. 사인 받으러 갈 거예요."

현일은 피식 웃었다.

둘은 그길로 출발했다.

GCM엔터테인먼트의 연습실로 들어서자마자 맥시드가 김성
아의 이름을 외치며 달려들었다. 그녀는 그런 맥시드를 모두 한
명, 한 명 안아주었다.

"꺄악~! 성아 언니!"

"어이구, 그래그래. 우리 아기들."

현일은 그 모습을 가만히 지켜보다가 어느 정도 잠잠해지자 입을 열었다.

"음악의 전당에 참가하게 됐어."

"우와~ 대박!"

김채린이 감탄했다.

현일은 그 모습에서 아까 전에 만난 권하경을 떠올렸다.

역시 신세대라 그런지 사용하는 어휘가 빨리빨리 전달되는 것 같았다.

"지윤아."

"네?"

"잠깐 이리 와볼래?"

"네."

하여튼 서로에게 정신이 팔려 있는 김성아와 맥시드를 제쳐 두고 현일은 한지윤을 따로 불러냈다.

'무슨 말씀을 하시려는 걸까?'

한지윤은 심장이 콩닥콩닥 뛰었다.

이렇게 현일이 그녀 혼자만 따로 불러낼 때면 언제나 자신에게 신경 써주는 것 같아 고마웠고 혹시 자신과 같은 마음이 아닐까 기대되기도 했다.

물론 그 기대에 부응한 적은 단 한 번도 없었다.

"지윤아."

"네, 작곡가님."

"너 솔로로 활동하고 싶은 생각 있어?"

"…네?"

"지금 네가 맥시드에서 최고로 인기를 구가하고 있어. 만약 솔로로 활동하면 지금보다 훨씬 더 많은 지위를 누릴 수 있을 거야. 혹시 나중에 피치 못할 사정으로 맥시드가 와해돼도 넌 어떻게든 살아남을 거고."

"……"

한지윤의 눈동자가 부산스럽게 떨리고 있다.

마음속에선 엄청난 고민이 일어나고 있을 것이다.

'어쩌지?'

한지윤도 자신이 맥시드에서 인기가 가장 좋다는 건 인지하고 있었다.

맥시드가 이대로 영원히 승승장구한다면 좋지만, 만약의 사태라도 발생한다면?

그녀가 손가락을 입가에 가져갔다.

"손톱 물어뜯지 말고."

현일이 한지윤의 손을 붙잡았다.

손에서부터 따스한 온기가 전해져 왔다.

그녀는 마음까지 평온해지는 기분이 들었다.

일순간 갈등이 일던 자신이 바보 같아졌다.

"아니요! 전 솔로로 활동할 생각 없어요. 전 맥시드가 좋아요."

"그렇구나."

현일은 흐뭇했다.

만약 한지윤이 하겠다고 하면 그렇게 해줄 생각이었다.

솔로 활동은 한석준의 의견이었고, 현일은 그 의견이 이해가 되었다.

그는 어찌 됐든 사업가였고, 회사의 이익을 최대한 늘릴 수 있는 방법을 생각하는 사람이다.

현일은 한지윤의 결정이 마음에 들었다.

"그런데 저……"

"응?"

"하연 언니는… 괜찮은 거죠?"

이 와중에도 다른 사람을 걱정하는 그녀는 정말로 천사가 분명했다.

"음, 한 몇 주 정도 쉬게 할 생각이야. 그동안 힘들었으니 영 서랑 놀게 해주려고."

이하연은 다행히 생각보다 큰 충격을 받지는 않았다.

물론 직접적으로 생명의 위협을 받긴 했지만 처음 유은영의 사건과 연예계 생활을 하면서 멘탈도 많이 강해졌고, 무엇보다 피습 미수 사건이 있은 이후 이하연을 바로 영서에게 보냈기에 빠르게 안정을 되찾을 수 있었다.

'흠, 좀 유능한 보디가드를 고용해야 되나? 김도진이라는 사 람이 그렇게 경호를 잘한다는데……'

현일은 상념을 털어내고 말했다.

"지윤아, 배 안 고파?"

"살짝 출출해요."

"같이 밥이나 먹을까?"

"네, 네?!"

"항상 도시락 얻어먹으니까 내가 미안해서. 어때?"

"아, 저기… 그, 그게… 우, 우리 둘이서요?"

"멤버들 데려와도 좋고."

"아뇨! 아, 아니, 그러니까 제 말은… 좋아요!"

"뭐가 싫고 뭐가 좋다는 거야?"

여기서 둘이서 먹자고 하면 졸지에 한지윤이 데이트 신청을 하는 꼴이 된다.

한지윤은 정말로 내키지 않았지만 하는 수 없이 말했다.

"멤버들이랑 같이 먹어요."

"그러자."

그녀는 마음이 뒤숭숭했다.

*　　　　　*　　　　　*

음악의 전당.

"반갑습니다. 음악의 전당에서 사장직을 맡고 있는 박호진입니다."

"최현일입니다."

"일전엔 제 부하 직원이 실수를 한 것 같습니다."

"아뇨, 개의치 않습니다. 이미 다 잊은 일이에요."

"그러시다니 다행이군요. 그래도 저희가 죄송하니 콘서트홀에서 원하는 좌석으로 이동시켜 드릴까요? 물론 돈은 안 받겠습니다."

그러자 현일은 손사래를 쳤다.

"괜찮습니다. 원하는 자리를 이미 예약했거든요. 대신… 저기 자판기에서 콜라나 한 캔 뽑아주세요. 하하하!"

"마땅히 뽑아드려야죠."

그는 쿵쿵 소리를 내며 자판기 안을 굴러 내려온 콜라를 집어 들어 현일에게 건네면서 조심스럽게 물었다.

"…그런데 사라 테일러는 음악의 전당에 언제쯤 오실 생각이랍니까?"

"글쎄요. 사실 그분은 제가 통제할 수 있는 사람이 아니니까요. 그래도 뭐… 언질은 해보겠습니다."

"예, 감사합니다."

'감사하실 것까지야.'

말 한마디 건네는 게 그렇게 어려운 일은 아니다.

현일은 발걸음을 옮겨 김성아와 잠시 만났다.

"후, 진짜 작곡가님은 수상한 능력이 있는 게 분명해요."

"내가 뭘?"

현일은 어깨를 으쓱했다.

"그리고 신은 그 대신에 눈치를 빼앗아간 걸 거예요."

"나 이래 봬도 학창 시절 별명이 눈치 프로 9단이었어."

"지금 다시 측정하면 아마추어 1단도 안 될 걸요."

"아무튼 오늘은 네 신규 앨범을 홍보하기 위함도 있으니까 열심히 해."

"당연한 말씀을. 저도 플래티넘 히트 올리고 말 거라구요."

"하하하! 만약 달성하면 내가 소원 하나 들어주지."

김성아의 눈이 번뜩였다.

"정말요?"

"그래."

"뭐든지 들어주는 거죠?"

"그렇다니까."

"후회하기 없기예요? 저 정말 영혼의 힘까지 끌어 모아서 노래할 거니까요."

현일은 일말의 망설임도 없이 고개를 끄덕였다. 그리고 시계를 봤다.

"곧 공연 시작이네. 열심히 해."

"들어줘야 할 소원 준비 단단히 하고 있는 게 좋을 걸요?"

현일은 피식 웃으며 출연자 대기실을 떠났다.

현재 네버의 실시간 검색어는 온통 김성아, 또는 음악의 전당이 순위권에 올라와 있었고, 인터넷 뉴스 또한 그에 대한 일로 도배되어 있었다.

김성아의 정규 1집 앨범에 수록된 노래를 처음부터 끝까지 완주하는 그녀의 독주 무대였다.

과연 일생 동안 대중음악 가수가 음악의 전당에서 공연하는 모습을 몇 번이나 볼 수 있을까.

현일은 어쩌면 이번이 마지막일지도 모르겠다는 생각이 들었다.

하지만 그렇다고 해서 아쉬울 건 없었다. 떼를 써서 여기에 온 것도 아니다.

물론 사라 테일러의 도움이라면 얘기가 좀 다를 수도 있다.

그녀가 언제든지 필요할 때면 자신을 불러달라고 했지만, 설사 그게 진심이라고 해도 그러고 싶지는 않았다.

'결코 여기가 아니면 안 될 이유도 없고.'

세상엔 무대가 많으니까.

콘서트홀에 도착한 현일은 자신의 자리를 찾아갔다.

콘서트홀에서는 각종 오케스트라 공연이 이루어지는데, 유명 연주자의 독주회도 이곳에서 이루어지는 경우가 많았다.

사라 테일러도 그중 한 명이고.

2,523석이 거의 다 메워져 가고 있었다.

2,000석만 넘어도 성공이라고 생각했는데 기대 이상의 성과를 보여주고 있었다.

'음악의 전당이라는 특수성 때문에 관객이 평소보다 적을 거

라고 생각했는데… 내가 김성아를 너무 과소평가했나? 이거 진
짜 소원을 들어줘야 될지도 모르겠는데?'

현일은 입가에 미소를 그렸다. 어쨌든 좋은 게 좋은 거다.

얼마 후, 공연이 시작되고 관객들은 그녀의 목소리에 녹아들
었다.

한 시간이 지나자 객석에서 사람들의 환호가 메아리쳤다.

                  *   *   *

[김성아, 음악의 전당 공연 '덥스텝 천국' 열어.]

—톱 여배우이자 가수인 김성아가 이달 8일~12일 서울 음악의 전당
콘서트홀에서 총 5회의 공연을 펼친다.

그중 오늘의 첫 무대를 화려하게 끝마친 김성아는 '아직도 내가 음악
의 전당에서 공연을 한 것이 믿겨지지 않는다. 실로 꿈만 같다'며 소감
을 표현했다.

대중 가수로서 음악의 전당 무대에 오른 건 조영필 이후 처
음이다.

예상 판매고 300만 장 및 예상 매출 400억.

그중 김성아에게 돌아갈 금액이 어림잡아 6억쯤 될 것이고,
현일은 최소한 그 열 배쯤 가져갈 것 같다.

멀티 플래티넘 히트(음반 업계에서 200만 장 이상의 판매량을

달성하는 것), 그 이름이 가지는 파장은 엄청났다.

김성아의 공연 이후 안 그래도 바쁘던 한준석의 공장은 미친 듯이 돌아갔다.

그녀의 정규 1집 앨범은 출고하는 족족 전국 각지와 아시아권 국외로 팔려 나가 아예 외주까지 맡겨야 할 지경이었다.

김성아는 현일이 딱히 도와줄 필요도 없이 알아서 뮤직 스테이션 무대에 나갈 것이다.

그리고 거기에 가면 또 판매량이 큰 폭으로 오를 것 같다.

SOS 방송국.

"그렇다니 아쉽군요. 그럼 다음을 기약하겠습니다."

"예, 수고하세요."

케이원스타에서 심사 위원을 맡지 않겠느냐는 프로듀서의 제안을 거절했다.

그 외에 나타나는 이런저런 사람들을 물리쳐 가면서 방송국의 사옥을 걷고 있던 현일은 기타를 잡고 고뇌하고 있는 누군가의 모습을 보았다.

유명한 얼굴은 아니었으니 아마도 인디가수인 모양이다.

그도 현일을 발견하곤 눈을 반짝였지만, 이내 관심이 사라진 듯 다시 자신의 기타에 집중했다.

그러나 현일은 그의 눈빛에서 도움의 손길을 바라고 있다는 걸 알았다.

'심심한데 말이나 걸어볼까?'

현일은 그가 한참 동안 기타를 연주하는 것을 보다가 그에게 다가가 입을 열었다.

"인디가수신가요?"

"예, 예?"

"아니면 아직 가수 지망생?"

"전자예요. 케이원스타에 오디션 보러 왔습니다."

"아, 케이원스타! 홈, 그런데 생각만큼 잘 안 되는가 봅니다."

현일은 또다시 오디션 프로그램 시즌이 된 것을 떠올렸다.

파워스타와 케이원스타 둘이나 오디션 프로그램이 생겨나니 가수가 되겠다는 사람이 엄청 많아진 것 같았다.

현일은 케이원스타에서 심사 위원으로 초청 받기도 했지만 거절했다.

사내는 고개를 푹 떨구며 한숨을 내쉬었다.

"예. 잘 안 되네요. 열심히 연습했는데……."

"다시 한 번 연주해 보실래요?"

"그런데… 누구십니까?"

"작곡가인 최현일이라고 해요. 아실지 모르겠지만."

"최현일이라……. 어디서 들어본 것 같은데……."

"보통은 GCM이란 이름으로 알려져 있습니다."

그러자 그의 눈이 번뜩였다.

"아! GCM!"

GCM은 당연히 알 거라 생각했다.

소속 가수들이 음악 방송에 나올 때마다 자막으로 작곡가의 이름이 GCM으로 나오기 때문이다.

한데 그의 입에선 의외의 말이 나왔다.

"예전 유튜브에서 활동하시던 시절부터 음악 잘 들었습니다!"

"아, 예. 감사합니다."

현일은 얼떨떨했다.

이런 곳에서 자신의 올드팬을 만날 줄은 상상도 못했다.

"혹시 제 유튜브 아이디 기억하세요? 'edwordzz11'인데."

"아! 에드워드 님! 여기서 뵙게 되다니 정말 반갑습니다!"

현일은 반색하며 그에게 악수를 청했다.

에드워드는 전생 때부터 기억하고 있던 아이디이다.

잊을 수가 없었다.

노래를 하나 올릴 때마다 제일 먼저 찾아와서 감상해 주고 칭찬과 비판을 아끼지 않던 현일의 애청자였다.

이런 고마운 사람에겐 뭐라도 하나 해주고 싶은 게 사람의 마음이다.

"백동일이라고 불러주시면 됩니다."

"예, 백동일 씨. 그럼 한 곡 부탁드리겠습니다."

백동일은 그 즉시 자신이 작곡한 노래를 연주하기 시작했다.

방송국 안을 지나다니는 사람들은 갑자기 들려오는 선율에 힐끔 그를 쳐다보기도 했지만, 이내 관심 없다는 듯 고개를 돌리며 제 갈 길을 갔다.

현일은 그런 백동일의 모습을 보며 탄식을 흘렸다.

'아, 저기서 한 코드만 더 높이면 좋았을 텐데… 방금은 솔을 튕겼어야 하는데…….'

간간이 나오는 빨간색의 그래프가 아쉬웠다.

그것만 제대로 교정되면 정말 좋은 노래가 나올 것 같았다.

잠시 후, 연주가 끝나자마자 현일이 손을 내밀었다.

"잠시 제가 연주해 봐도 괜찮을까요?"

"예."

오히려 바라던 바다.

뛰어난 작곡가에게 한 수 배움을 얻을 수 있는 절호의 기회였다.

그는 흔쾌히 기타를 빌려주었고, 현일은 자신이 생각한 대로 화음을 만들어내기 시작했다.

"와……!"

흐뭇한 미소를 지으며 기막힌 멜로디를 만들어내는 현일의 기타를 그저 멍하니 바라보며 백동일은 감탄사를 흘렸다.

그러면서도 머릿속에서는 자신이 지은 가사를 읊조렸다.

분명히 자신이 작곡한 노래와는 어딘가 다른 리듬이었지만, 신기하게도 가사의 음정과 박자에는 전혀 어긋남이 없었다.

현일의 기타로부터 울려 퍼지는 푸른색의 파장은 이어 주위

사람들의 귀에도 흘러들어 갔고, 그들은 하나둘씩 현일의 연주에 발걸음을 멈추기 시작했다.

"와, 노래 진짜 좋다. 저 사람 누구야?"

"그걸 내가 알겠… 그러고 보니 어디서 본 것 같은데?"

"누구?"

"그 GCM이라는 작곡가 같은데? 얼핏 사진을 본 것 같아."

"크~ 작곡가라니, 나도 그런 멋있는 일을 해보고 싶다."

"네가 작곡가는 무슨, 작곡가도 성공해야 작곡가지 너였으면 만날 '작곡가 지망생입니다' 하면서 명함 돌리고 다녔을걸. 큭큭. 아무튼 역시 작곡은 잘하는 모양이네. 되게 좋다."

엄연히 말해서 지금은 작곡이 아니라 편곡이었지만, 하여튼 사람들의 반응은 어느 정도 감을 잡았다.

현일이 연주를 마치자 박수갈채가 쏟아졌다.

백동일에게 기타를 돌려주며 물었다.

"어떤가요?"

"최, 최곱니다!"

"그럼 쓰실래요?"

"예?"

"케이원스타에서 이걸 연주해 보시는 건……."

"정말 그래도 됩니까?"

"물론이죠. 원하시면 좀 이따 이메일로 악보 보내드리겠습니다."

"하지만 어떻게 이런 좋은 곡을 거저⋯⋯."

"정 그러면 나중에 성공하시고 사인이라도 한 장 해주시죠. 하하하!"

현일이 쾌활한 웃음을 터뜨렸다.

인디가수에게 돈을 받아 무엇 하겠는가.

이미 돈이라면 부족함이 없는 현일이다.

"감사합니다!"

"그리고 꼭 우승하시고요."

"예!"

백동일은 크게 기뻐했다.

반드시 우승하리라 마음먹은 그였다.

　　　　　*　　　　　*　　　　　*

MBC 쇼! 음악센터 스튜디오.

"그럼 발표하겠습니다! 대망의 1위는⋯⋯."

방송 진행자가 멘트를 했다.

두구두구두구!

"김성아!"

"와아아아아아!!"

관중석의 팬들이 열렬히 환호했다.

무대 위 가수들도 예상했다는 듯 지극히 당연한 결과에 모두가 축하해 주었다.

애초에 상대가 안 되는 게임이었다.

쇼! 음악센터의 순위 집계 방식은 아래와 같다.

1. 실물 음반 판매량 50%+인터넷 음원 유통 플랫폼 10%

2. 유튜브 뮤직 비디오 조회 수 10%

3. MBC 방송국 라디오 송출 횟수 1.5%+시청자위원회 2,000명 사전 투표 13.5%

4. 실시간 SMS 투표 15%

이렇게 총 100%였다.

그중에서 김성아는 단 하나도 뒤처지는 게 없었다.

실물 음반 판매량?

김성아가 34만 장으로 1위였고, 5위가 11,000장이었다(물론 2위, 3위, 4위는 순서대로 맥시드, 이하연, MMF였다).

재고가 없어서 못 팔고 있는 실정이다.

수박, 버그 뮤직 등등의 음원 플랫폼에서는 아슬아슬한 차이로 김성아가 판매량 1위를 차지하고 있었다(2위는 당연히 맥시드였다).

또한 2번, 3번, 4번만 해도 아역 배우 시절부터 쌓아올린 김성아의 팬덤은 여타 아이돌 가수들과 비교도 할 수 없는 수준이었다.

불 보듯 뻔한 결과였다.

마치 아마추어 게이머 VS 쇼 미 더 머니 치트키를 쓴 프로

게이머와의 대결이라고 해도 과언이 아니었다.

하여튼 5일 동안의 공연을 마치고 플래티넘 히트를 기어코 달성하고야 만 김성아.

"후후후……."

1위 기념으로 앙코르 곡을 부른 뒤 유유히 스튜디오를 나선 그녀는 자꾸만 웃음이 나오는 것을 애써 참아야 했다.

그녀의 매니저가 의아한 표정으로 물었다.

"왜 그러시죠?"

"흠! 아무것도 아냐."

"최근 들어 자주 그러시는 것 같은데요? 어디 아프신 건 아닌지……."

"신경 쓰지 말라니까."

옆에서 자꾸 매니저가 귀찮게 굴었다.

그녀는 밤새 현일에게 무슨 소원을 들어달라고 해야 할지 고민했다.

음악의 전당 이후로 내내 그 생각밖에 안 했다.

그리고 마침내 그녀의 뇌리를 번쩍 스쳐 지나가는 아이디어가 떠올랐다.

"나 다음 주 월요일 스케줄은 비워줘."

"네, 오전에는 이 방송, 오후에는 이런저런 방송이 있는데 어떤 걸 비울까요?"

"전부."

"네?"

"전부 다 비워줘."

"…알겠습니다."

김성아는 그길로 현일에게 전화를 걸었다.

—전화했네? 마침 방송 보고 있었는데.

"정말요? 저 어땠어요?"

—…그냥 평소랑 다를 거 없었는데? 잘했어.

'물어본 내가 바보지.'

그녀는 한숨을 내뱉었다.

"그나저나 다음 주 월요일에 시간 있어요?"

—아니.

"제 소원 들어주셔야죠."

—스케줄 비워달라는 게 소원이야? 나 하루 쉬라고?

"아니요!"

결코 일어나서는 안 되는 일이었다.

엄밀히 따지면 쉬는 건 맞지만.

—그럼?

"……."

—여보세요?

김성아가 얼굴을 붉혔다. 작게 헛기침을 한 번 한 김성아가 입을 다시금 열었다.

"마, 만나서 얘기해요."

현일의 작업실.

똑똑.

"저기, 작곡가님?"

한지윤은 다시 문을 두드려 봤지만 대답은 들려오지 않았다.

'나가신 건가?'

얼굴을 못 보는 건 아쉽지만, 조용히 도시락을 두고 가기 위해 문을 열었다.

뜻밖에도 현일은 있었지만 환영 인사를 받지 못했다.

책상에 엎드려 자고 있었다.

많은 일로 잠을 못 자 피곤한 탓에 김성아를 만날 때까지만 잠시 잠을 청하기로 한 현일이었다.

한지윤은 그 모습을 보고 두 손을 마주 잡았다.

'어쩜……!'

그녀는 가슴이 벅차올랐다.

이 세상의 모든 근심과 걱정이 씻은 듯 사라지고 심장이 쿵쾅거렸다.

언제나 자상하고 철벽같던 남자의 무방비한 상태.

'자는 모습이 이다지도…….'

그녀는 평생 자신의 품 안에서 보듬어주고 싶다는 생각이 들었다.

도시락을 책상에 놔두고 그녀는 좀 더 가까이 다가갔다.

자세를 낮추고 얼굴을 정면에서 바라봤다.

"아⋯⋯."

한지윤은 탄식을 흘렸다.

일전에 있던 현일의 솔로 활동 제안.

그걸 받아들였다면 어땠을까?

'아무도 신경 쓰지 않고 나만 봐주면 좋을 텐데⋯⋯. 나만의 전속 작곡가가 되어준다면 좋을 텐데⋯⋯.'

마음은 여릴지라도 그 깊은 곳에서는 한 줌의 불꽃을 키우고 있었다.

'⋯⋯.'

현일의 얼굴을 하염없이 바라보고 있자니 한지윤은 묘한 충동에 휩싸였다.

그녀의 얼굴이 서서히 현일의 얼굴 가까이 다가갔다.

쿠구구궁!

그때 책상 위에서 울리는 휴대폰의 진동 소리는 가히 가공할 만했다.

현일이 김성아의 도착했다는 문자메시지에 잠에서 깼을 때엔 덩그러니 도시락만 놓여 있었다.

현일은 왼쪽 뺨을 문질렀다.

'음, 촉촉한 느낌이 들었는데⋯⋯.'

그 느낌, 싫지 않았다.

　　　　*　　　　　*　　　　　*

케이윈스타 스튜디오.

백동일은 현일과 대면한 그날을 떠올렸다.

그저 한순간에 떠올린 영감으로 기타를 연주하고 사람들의 이목을 집중시키던 그 실력.

가히 천재라고 불려도 전혀 손색이 없었다.

적어도 백동일에겐 그랬다.

"후우……."

현일에게 악보를 받고 나서 두 손이 부르틀 정도로 주야장천 연습에 몰두했다.

일찌감치 몇 차례 오디션에 합격할 정도의 실력은 있었지만, 그 정도야 전국 어디에나 흔히 있을 만한 수준이다.

지금부터가 실전인 거다.

'무조건 우승한다!'

자신이 옛날부터 동경해 마지않던 작곡가에게 편곡을 받았다.

두 번 다시 없을 천재일우의 기회를 놓칠 수는 없는 노릇이다.

"연습해 오신 건 맞아요?"

"그냥 가수 접으시고 다른 일을 알아보시는 게 나을 것 같네요."

"…딱히 해줄 말이 없습니다."

바로 앞 순번 출연자가 심사 위원들의 냉혹한 평가를 받고 울상이 된 채 스튜디오를 떠났다.

백동일은 태어나서 지금껏 긴장해 본 적이 없는 것 같았다.

곧이어 무대에 나타난 그는 정면으로 보이는 중앙 자리에 앉은 심사 위원을 주목했다.

가수 우승철.

한국의 역사적인 밴드인 '리바이브'의 2대 보컬리스트이자 한국대중음악상 수상자.

출연자에 대한 평가가 쌀쌀맞고 냉정하기로 유명했다.

백동일의 타깃은 바로 그였다.

'오히려 그런 사람에게 평가를 잘 받으면 다른 심사 위원에게도 영향을 미친다.'

백동일의 파악은 정확했다. 확실히 그런 경향이 없지 않았다.

우승철이 입을 열었다.

"어서 와. 방송은 처음이지?"

"네! 참가 번호 7번 백동일이라고 합니다!"

긴장한 기색을 감추기 위해 애써 힘찬 목소리로 외친 백동일이었지만, 프로 가수의 눈에는 한낱 애송이의 몸부림으로 느껴질 뿐이다.

그도 그럴 것이, 우승철 또한 신인 시절 똑같이 거쳐 온 과정이 있었다.

학창 시절 수련회 교관들이 숨겨놓은 술을 내놓으라며 '우리도 너희만 할 때 다 해봐서 안다'라고 하는 것과 비슷한 맥락이다.

하지만 우승철은 그런 백동일이 싫지 않았다.

마치 젊은 날의 자신을 보는 것 같았다.

"사람들 앞에서 공연은 해봤어?"

"예. 홍대에서 여러 번……"

우승철이 백동일의 말을 잘랐다.

"홍대? 길거리 공연?"

"네!"

"그건 누구나 다 하는 거고."

"…뮤직 홀릭에서도 한 번… 해봤습니다."

"오~ 뮤직 홀릭? 거기 매니저 잘 있대냐?"

"예, 아마 잘 있을 것 같습니다."

"나 예전에 거기서 만날 음료수 리필했는데. 흐흐흐!"

"나도, 나도!"

"푸흡! 하하하하!"

"……"

우승철이 옆의 심사 위원과 농담을 주고받았다. 덕분에 백동일도 살짝 긴장이 풀리는 것 같았다.

그가 말을 이었다.

"그럼 준비해 온 건 있고?"

"예, 자작곡입니다."

"오~ 싱어송라이터~"

그러자 옆의 심사 위원은 엄지를 척 들어 보였지만, 우승철이 인상을 찡그렸다.

"자작곡은 좋은 평가 받기 힘든데……."

"그렇긴 해."

"아무래도 전문적인 작곡가랑 좀 차이가 있다 보니……."

철렁!

자신 있게 대답했지만 돌아온 것은 우승철의 청천벽력과도 같은 반응이었다.

백동일은 심장이 내려앉는 것 같았다.

그러나 이미 각오한 바다.

어차피 이제 와서 물러설 곳도 없었다.

"……."

"노래 제목이 뭐야?"

"'우주에서 왔다'입니다."

"외계인이야?"

"푸하하하하!"

왠지 출연자 대기실에서도 웃음이 들려오는 것 같았다. 백동일은 그냥 말을 아끼기로 했다.

"......."

"일단 보여줘."

"옙!"

우승철의 손짓과 동시에 백동일의 손이 기타 줄을 휘저었고, 입은 한 편의 시를 읊었다.

마치 우주를 누비는 섬광처럼 그가 만들어내는 장엄한 푸른 색의 파동은 심사 위원들, 아니, 청중의 마음을 어지럽혔다.

원래 복잡하던 마음을 백동일의 노래로서 도리어 차곡차곡 정리되어 가는 그런 기묘한 환희를 청중들은 맛봐야 했다.

그렇게 3분 남짓한 연주가 끝나자 이윽고 우승철이 이마를 부여잡았다.

그리고 입을 열었다.

"야, 무슨 이런 노래가 다 있냐?"

그 한마디에 스튜디오에 정적이 내려앉았다.

못 볼 걸 봤다는 것 같은 뉘앙스에 백동일은 어깨를 축 늘어뜨렸다.

그리고 깨달았다.

의심의 여지도 없이 자신은 탈락이라고.

"......?"

우승철은 자리에서 일어나더니 별안간 백동일에게 다가갔다.

모두가 무슨 영문인지 알 수 없었다.

제작진도, 심사 위원도, 방청객들도, 출연자들도, 백동일도.

우승철이 입을 열었다.

"그 노래… 내가 쓰면 안 될까?"

"예?"

백동일은 자신의 귀를 의심했다.

"우주에서 왔다'라고 했죠?"

"예!"

"제가 쓰고 싶은데, 노래 주실 수 있어요?"

갑작스레 우승철의 말이 존칭으로 변했다.

그에게 백동일은 더 이상 자신이 당락을 결정지을 오디션 프로그램 참가자가 아니었다.

그럼 키워내야 할 가수 지망생일까?

그것도 아니었다.

이미 한 사람의 어엿한 가수로 인정하고 있는 것이다.

"오오오~"

좌중이 술렁대기 시작했다.

케이원스타가 시작된 이래로 우승철은 단 한 번도 이러한 호응을 내비친 적이 없었다.

언제나 카리스마로 출연자들의 기를 눌러 잡던 그가 일개 출연자의 음악을 탐내고 있는 것이다.

"조 PD, 카메라 확실히 잡아! 승철이 얼굴 카메라에 담고, 방청객들 놀라는 표정 놓치면 안 돼! 시청률 폭발 중이다!"

"예!"

현재 촬영팀은 난리가 났다.

케이원스타의 평균 시청률은 10%였는데 15%까지 치솟고 있었다.

스튜디오 내의 사람들은 모두 이어질 백동일의 대답에 숨죽인 채 귀를 기울였다.

"그건… 불가능합니다."

"역시 그런가요? 많은 애착이 있는 곡인가 봅니다."

"꼭 그런 건 아니지만, 다른 분이 편곡해 주신 노래라서요."

"아~ 그렇군요. 혹시 그 사람이 누군지 알 수 있을까요?"

"GCM입니다. 제가 존경하는 작곡가예요."

그러자 심사 위원들은 하나같이 고개를 끄덕였다.

충분히 그럴 만하다는 듯이 말이다.

요즘 GCM이란 이름은 음악계에서 가장 핫한 아이콘이 되었다.

인터넷에서 음원 유통 플랫폼을 아무거나 하나 집어서 찾아가 보면 베스트 10위권에 랭크된 노래의 작곡가가 죄다 GCM이었다.

"저도 꼭 만나보고 싶네요."

우승철이 눈을 반짝이며 화두를 던지자 옆의 심사 위원들이 호응했다.

"정말 대단한 작곡가죠."

"실로 그렇습니다. 떠오르는 신성(新星)이에요."

여하튼 백동일과 현일에 대한 심사 위원들의 평가는 칭찬 일색이었다.

'올해는 나의 해구나!'

백동일은 내색하진 않았지만 마음 같아선 아무나 붙잡아 부둥켜안고 싶은 지경이었다.

마침 참가 번호도 7번, 그야말로 럭키 세븐이다.

"그럼 제 평가는요."

심사 위원들의 상의가 끝나고 드디어 기다리던 심사의 시간이 다가왔다.

공연을 선보이기 전 못지않게 긴장되는 순간이었지만 백동일은 미소를 잃지 않았다.

이미 결과는 확정된 것이나 다름없었으니까.

*   *   *

GCM 작업실.

현일은 김성아를 맞이하러 갔다.

방금 전까지 자다 나왔기에 약간은 부스스한 현일의 행색에 김성아는 '풋' 하고 웃고 말았다.

'이 사람에게 이런 면도 있구나' 하면서 말이다.

멋쩍어진 현일이 뒷머리를 긁적였다.

"미안. 자다 나와서……. 그냥 잠깐 엎드려 있었는데 혹 가버

리네."

"괜찮아요. 피곤하면 쉬어야죠. 잠깐 앉아보실래요?"

"왜?"

현일은 머리로는 의아해하면서도 몸은 자연스레 그녀의 요청에 따랐다.

"그냥 앉아봐요. 제가 정리해 드릴게요."

"어, 응."

그러자 김성아는 직접 현일의 머리카락을 정성스럽게 손질해 주었다.

현일이 혹여 머리에 담배 냄새가 배진 않았을까 걱정하던 찰나에 그녀가 먼저 말했다.

"작곡가님."

"응?"

"비저너리 샴푸 쓰시죠?"

"어. 왜?"

"왜 그거 쓰시는 거예요?"

"샴푸라고 쓰여 있어서."

"……."

"근데 왜?"

"아무것도 아니에요."

"……?"

김성아는 할 말이 없어졌지만, 아무튼 현일이 자신과 같은

샴푸를 쓴다는 사실에 싱글벙글해진 그녀였다.

그녀는 본론으로 들어가기로 했다.

"월요일 스케줄 비우셨어요?"

"응. 덕분에 쪽잠을 많이 자게 생겼어."

'말을 해도 한 번쯤은 곱게 말해줘도 좋을 텐데' 하고 생각하며 입술을 삐죽인 그녀였다.

하지만 한편으로는 괜히 현일의 시간을 빼앗는 게 아닐까 하고 미안하기도 했다.

현일이 말을 이었다.

"그래서, 소원이 뭔데? 더 휘황찬란한 음악? 아니면 빌보드 차트? 하하!"

"아니요."

"그럼?"

김성아의 두 뺨이 홍조로 달아올랐다.

"…저랑 하루 동안 놀러 다녀요."

"어디를?"

"그냥… 어디라도 좋아요. 오전에 만나서 아침 먹고, 수다 떨고 놀다가 점심 먹고, 또 오후엔 어디 돌아다니다가 저녁 먹고… 그런 거요."

"풀코스 데이트?"

현일의 입가에서 웃음기가 사라지고 분위기가 무르익었다.

'데이트'라는 단어에 김성아의 머리가 새하얘졌다.

"아, 아니, 꼭 그런 건 아니고요… 아침에 일어나기 힘드시면 오후에 만나서 다음날 헤어져도… 아니… 그게… 참, 나 뭐라는 거야, 진짜!"

김성아는 귀까지 빨개졌다.

계속해서 횡설수설해 대며 손으로 자신의 얼굴에 부채질을 했다.

그리고 제정신이 돌아오고 나서야 깨달을 수 있었다.

"zzz……."

현일이 꾸벅꾸벅 졸고 있다는 것을.

'참, 다행이라고 해야 할지 아니라고 해야 할지…….'

마음이 착잡해진 김성아였다.

*   *   *

케이원스타 스튜디오.

"결과를 발표하기 전에 마지막으로 묻겠습니다. 정말 저에게 곡을 주지 않으실 건가요?"

우승철은 프로 가수이기도 하지만 노련한 방송인이기도 했다.

치솟는 시청률 때문에 좀 더 시간을 끌어달라는 PD의 요청을 받고 자연스럽게 긴장감이 들끓는 분위기를 이어나갔다.

물론 한편으론 진심으로 '우주에서 왔다'가 갖고 싶은 마음도 있었다.

"말씀드렸듯이 우주에서 왔다는 저 혼자 만든 노래가 아닙니다."

"GCM 님은 제가 직접 만나서 말씀드리겠습니다."

"…죄송합니다."

애써 쓴웃음을 지으며 거절의 의사를 밝히는 백동일을 보며 우승철은 흐뭇한 미소를 지었다.

"아뇨, 죄송할 거야 없죠. 오히려 고맙습니다."

"예?"

"자신의 노래가 소중하다는 걸 아는 당신이야말로 진정한 가수입니다. 만약 백동일 씨가 저에게 흔쾌히 노래를 팔았다면 전 분명히 백동일 씨에게 실망했을 겁니다."

나머지 심사 위원들이 진지한 얼굴로 고개를 끄덕였다.

우승철이 농담조로 덧붙였다.

"물론 고맙게 받았겠지만요. 하하하!"

방청객석에서 웃음이 터져 나왔다.

"자, 그럼 결과를 발표하겠습니다."

"제 점수는요……."

잠시 후, 결과가 나왔다.

그 결과는 스튜디오 내의 모든 사람과 TV로 생방송을 시청하는 시청자들을 경악케 만들기에 충분했다.

왜냐하면…….

―불합격.

―불합격.

이었으니까.

'말도 안 돼!'

백동일은 이 현실을 믿을 수가 없었다.

동시에 절망감이 엄습했다.

방금 전까지 엄청난 호평을 받지 않았는가.

마치 아무 일도 없었다는 듯 무뚝뚝하고 냉정한 우승철의
얼굴이 얄미웠다.

그렇게 떠받들어 놓고는 한순간에 손을 놔버렸다.

'그래, 결국 이렇게 될 운명이었어.'

백동일은 그냥 체념해 버렸다.

천재 작곡가가 자신의 노래를 손봐준다 한들 결국 자신의 한
계는 애초부터 명확한 거였다.

그때, 우승철이 입을 열었다.

"안 믿기시죠? 이 결과가."

"……."

백동일은 대답조차 하지 않았다.

그저 고개만을 푹 떨굴 뿐이었다.

무슨 위로를 듣는다 해서 뭐 하겠는가.

어차피 두 명의 심사 위원이 불합격이라 하면 탈락 확정이다.

그 순간, 케이원스타의 게시판이 뜨겁게 달아올랐다.

시청자들의 분노로.

—말도 안 된다! 무슨 이딴 결과가 다 있냐!

—단언컨대 백동일이 역대 시즌 통틀어서 단연 최고였다!

—돌팔이 심사 위원 끌어내라!

—주 작작 주주 작!

—이런 오디션 프로그램은 다 짜고 한다더니 진짜인 듯.

—심사 위원들, 뒷돈 처먹은 거 아닌가요? 세무조사 각입니다.

우승철의 왼쪽에 앉아 있는 심사 위원 백하나가 입을 열었다.

"제가 불합격을 드린 이유를 말씀을 드릴게요. 여기 케이원스타는… 프로 가수의 공연 무대가 아닙니다."

백동일의 눈이 번쩍 뜨였다. 그녀가 말을 이었다.

"잠재력을 가진 가수 지망생을 우리의 손으로 키워내는 것이 목표예요. 이 케이원스타라는 곳에 담아두기엔 백동일 씨는 너무나도 큰 그릇인 것 같아요."

그럴수록 시청자들의 분노는 더욱 거세졌다.

—우우우우!

—말이면 다냐! 내가 보기엔 니들이야말로 심사 위원의 그릇이 아니다!

—세상이 미쳐 돌아가는군.

—뭘 그리 흥분들 하십니까? '잘하면 떨어뜨린다', 지극히 당연한 헬조선의 법칙 아닙니까?

마지막 심사 위원인 유한성이 거들었다.

"그렇습니다. 그리고 가장 큰 이유 중 하나는 케이원스타엔 정말 절박한 참가자가 많습니다. 물론 백동일 씨라고 그렇지 않느냐? 그런 뜻은 아닙니다. 하지만 백동일 씨는 이번 방송으로 분명 여러 기획사에서 러브콜이 들어올 겁니다. 그중엔 메이저 기획사도 있겠지요."

그가 물 한 모금을 마시고 다시 말을 이었다.

"어쩌면 그 GCM이라는 작곡가의 회사에 들어갈 수도 있을 거고요. 직접 노래를 편곡까지 해줄 정도의 인연이라면 충분히 가능할지도 모릅니다."

그에 시청자도, 방청객도, 백동일도 귀가 혹했다.

과연 일리가 있었다.

우승철이 마이크를 들었다.

"하지만 뭐… 기본적으로 실력 있는 참가자를 뽑는다는 원칙엔 변함이 없습니다."

"……?"

"이번 시즌부터 새로 추가된 제도가 있더라고요. 슈퍼패스라고."

"아~ 나 진짜! 이러면 우리가 악역이잖아! 흐하하하!"

"풉, 푸하하하!"

"쓰겠습니다. 슈퍼패스."

우승철이 테이블에 설치된 황금색 버튼을 눌렀다.

세 명의 심사 위원이 각각 딱 한 번씩만 쓸 수 있으며, 다른 심사 위원의 결과에 상관없이 무조건 합격시킬 수 있는 버튼이었다.

곧이어 무대의 전광판엔 황금색 바탕에 붉은 글씨로 'SUPER PASS'라고 쓰여 있다.

그제야 기쁨의 미소를 짓는 백동일이었다.

"하아, 정말 저를 들었다 놨다 하시는군요."

"하하하하! 놀라셨다면 죄송합니다."

사실 이건 하나의 쇼맨십이었다.

어차피 백동일의 합격은 예정되어 있었기에 좀 더 시청률을 끌어 모으기 위한 전략이었다.

시청자들의 욕을 먹기야 하겠지만(이미 많이 먹었지만), 어찌 됐든 덕분에 시청률은 거의 20%까지 치솟았다.

우승철은 역시 노련한 방송인이었다.

*　　　　*　　　　*

케이윈스타 방송이 끝난 후, 우승철이 집으로 돌아가는 백동일을 불러 세웠다.

"백동일 씨."

"예?"

"같이 밥 한 끼 합시다."

"저랑요?"

"그럼 여기 우리 말고 또 누가 있습니까?"

그렇게 얼떨결에 백동일과 우승철은 식사를 함께하게 되었다.

식당에서 각자 자리에 앉았다.

대가수 우승철과 사적인 면담을 하게 된 백동일.

'무슨 이야기를 하시려고······.'

주문한 닭볶음탕이 나오자 마침내 우승철이 입을 열었다.

"백동일 씨."

"예."

"그 GCM이라는 작곡가 말입니다."

"예."

"언제 처음 만났습니까?"

"녹화방송 심사 찍던 날 SOS 방송국에서 우연히 만났어요."

그는 현일과 만나게 된 자초지종을 얘기해 주었다.

"그렇군요."

"그 얘기 때문에 부르신 건가요?"

우승철은 양념이 묻은 손가락을 쪽쪽 빨고 대답했다.

"예. 세상엔 아직도 재기를 꿈꾸는 역사 속의 가수들이 많거
든요."

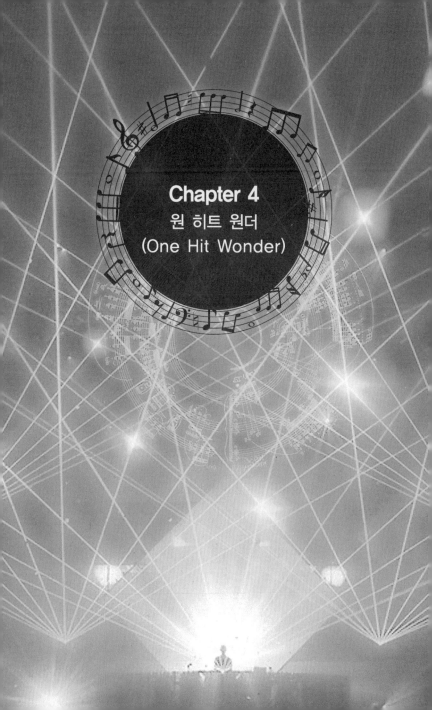

Chapter 4
원 히 트 원더
(One Hit Wonder)

"그럼 우승철 씨도……?"

그러자 우승철은 고개를 가로저었다.

"아뇨. 물론 제가 아직 가수로 활동해도 창창할 나이이긴 하지만 이젠 별 미련이 없어요. 가끔씩 공연이나 나가는 걸로 충분해요. 사실상 거의 취미 생활이나 다름없죠."

백동일에겐 취미 생활인데도 그렇게 노래를 잘하는 우승철이 대단하게만 느껴졌다.

"그렇다면 다른 가수를 말하는 거군요?"

"그렇죠. 예를 들면… 이재학이라는 가수 아세요?"

백동일은 곰곰이 생각에 잠겨 기억을 되짚어봤다.

"아뇨."

"저랑 나이는 동갑인데 91년에 '작별은 작별이야'라는 노래를 발표했습니다. 그때 당시엔 엄청나게 히트를 친 곡인데 요즘은 기억하는 사람들이 많이 없더라고요. 딱 그 노래만 남겨놓고 바람과 함께 사라져 버렸죠."

백동일은 그럴 만도 하다는 생각이 들었다.

일단 백동일과 우승철의 나이 차이는 두 배가 넘고, 91년이면 백동일이 태어난 해와 별로 멀지 않다.

"원 히트 원더인가요?"

"정확한 표현이네요. 이재학을 아는 사람이라면 우리나라의 대표적인 원 히트 원더를 꼽으라면 십중팔구 그를 꼽을 겁니다."

원 히트 원더.

대중음악계에서 단 한 개의 곡만 대성공을 거둔 특정 가수에게 붙는 비운(?)의 타이틀이다.

다시 말해서 딱 한 노래로만 반짝 떴다가 이후엔 별다른 히트곡이 없어 그대로 묻혀 버렸다는 말이다.

그러한 노래의 경우 사람들에게 물어봐도 보통 모르겠다는 반응이 대다수지만, 직접 들려주면 간혹 '아~ 그거!' 하는 반응이 나오기도 했다.

우승철이 들려준 노래를 감상한 지금 백동일의 반응처럼 말이다.

"아, 이 노래!"

"아십니까?"

"네, 팝 밴드 콘셉트의 아이돌 가수가 리메이크해서 부른 걸 들은 적이 있어요."

"아, 그 그룹 말이군요."

"네."

우승철이 피식 웃었다.

그에 백동일이 호기심 가득한 표정으로 물었다.

"그럼 그 이재학이라는 분은 지금 뭐 하고 있습니까?"

우승철은 그에 대한 답변을 해주었다.

"그보다 GCM 작곡가, 지금 당장 연락 가능합니까?"

*　　　　*　　　　*

어딘가의 레스토랑.

현일이 선택한 레스토랑은 김성아를 만족시켰다.

나오는 음식, 좋은 분위기, 소소한 수다까지……

소담스러운 분위기로 얘기를 나누는 그 순간이 김성아의 마음에 작은 파문을 그렸다.

"주문하신 차 나왔습니다."

웨이터가 정중한 몸짓으로 식탁 위에 내려놓은 후식을 마지막으로 식사는 끝났다.

"저녁 다 먹었으니까 이제 그만 일어나자."

"…네."

김성아는 수저를 내려놓자 칼같이 자리에서 일어나는 현일이 야속했다.

마음 같아선 좀 더 앉아서 심도 있는 대화를 나누고 싶었지만, 애당초 계획이 많이 틀어져 버렸다.

아침에 만나기로 한 것을 저녁으로 미뤘다.

저녁을 먹은 뒤엔 어디 좀 들렀다가 헤어지기로 했고.

섭섭했지만 어쩔 수 없었다.

김성아로서도 틈만 나면 앉아서 눈을 붙이는 현일을 그 이상 붙잡고 있을 수가 없었다.

띠리리링!

"잠시만 전화 좀 받을게."

"네."

그리고 시시때때로 울리는 현일의 전화기도 얄미웠다.

자신은 일부러 꺼놨는데 말이다.

"네, 네. 네? 지금은 좀 곤란한데요. 네, 네. 알겠습니다."

통화는 15분이 지나서야 끝이 났다.

마냥 기다리던 김성아가 다가와 빈정거렸다.

"좋으시겠어요. 인기 많아서."

"너만 할까. 그것보다 빨리 예약한 곳에 가보자. 나 몸이 찌뿌드드해서 죽겠거든."

기대된다는 심정이 그녀의 얼굴에 선하다.

"헤헤, 어딘데요?"

"가보면 알아. 내 동생한테 물어보고 엄선한 곳이야."

"렛츠 고!"

플란더스 스파.

현일도 가보지 못한 미지의 영역이다.

"커플 코스네요?"

"그러게?"

"그건 무슨 반응이에요?"

"영서가 알아서 예약해 준 거거든."

"아깐 본인이 엄선했다면서요?"

"…빨리 체험해 보고 싶다. 너무 재밌을 것 같은걸."

국어책을 읽듯이 말을 돌리는 현일이다.

하지만 김성아로서는 기쁜 마음을 감추기가 힘들었다.

첫 번째 코스는 좌훈이었는데, 좌훈기의 깔고 앉는 부분에 구멍이 뚫려 있는 것이 꼭 변기를 연상케 했다.

흔히 찜질방에 있는 그것인 듯했다.

좌훈기에 앉자 뜨뜻한 무엇(?)인가가 구멍에서부터 올라왔다.

뒤에선 안마사가 어깨를 주물러 주었다.

좌훈이란 한의학 요법으로서, 약재를 끓는 물에 넣고 그 김을 성기에 쏘이는 치료법으로 자궁을 건강하게 유지할 수 있게 도와준다는 것이 안마사의 설명이었다.

"그렇군요."

김성아는 괜스레 민망했다.

두 번째의 전신 마사지 코스를 지나고, 마지막은 제트스파였다.

각자 탈의실에서 준비된 수영복을 입고 물에 들어가니 욕조 위엔 과자와 와인이 준비되어 있다.

현일이 먼저 물속으로 들어갔다.

따뜻한 물속, 파이프에서 강렬하게 분출되는 수압으로 거품 스파를 받고 있으니 금세 온몸의 피로가 풀렸다. 그야말로 환골탈태를 경험하는 듯한 기분이 들었다.

현일이 혼자 놀며 몇 분이 지나자 김성아가 들어왔다.

머리만 빠끔히.

"……."

"왜 이렇게 늦었어?"

"…잠시 뒤돌아보고 있으면 안 돼요?"

"무슨 헛소리야?"

현일이 성큼성큼 다가가 그녀의 손을 붙잡고 이끌었다.

비키니로 간신히 주요 부위만 가리고 있는 그녀의 모습은 보고만 있어도 아찔했다.

한쪽 팔로 애써 가슴을 가리려는 모양새가 더욱더 남자의 시선을 자극한다는 건 모르는 모양이다.

현일이 피식 웃으며 말했다.

"그러고 보니 너 수영복 화보 같은 건 못 본 것 같다?"

"…부끄럽단 말이에요."

"까마득한 후배인 맥시드는 아예 수영복 입고 뮤비도 찍었는데? 쯧쯧."

"히잉!"

그래도 그녀를 욕조 안에 풍덩 빠뜨리니 언제 그랬냐는 듯 금세 풀어져서는 간드러지는 목소리를 흘렸다.

"하아~ 좋다~"

현일은 그런 그녀를 가만히 바라보았다.

"…왜요?"

"와인 마실래?"

"좋아요."

쩽 하고 부딪칠 때 청아하게 울려 퍼지는 와인 잔 속에 담긴 향은 감미로웠다.

와인 잔을 거두자 자연스럽게 둘의 눈이 마주쳤다.

어쩌면 둘은 와인의 향기가 퍼지듯, 물 흘러가듯 분위기에 취하고 있는지도 몰랐다.

현일이 다시 한 번 피식 입꼬리를 올렸다.

"요새 아버지랑은 연락하고 지내지?"

"친아버지요?"

"응."

"네, 덕분에요. 그땐 제가 너무 어렸나 봐요. 늘 바쁘던 아버지가 미웠어요. 사실 아버지는 그냥……."

"그냥?"

"사랑을 하셨을 뿐이니까요."

"머리가 큰 거지."

"그런 거죠."

"멀티 플래티넘 히트 가수가 된 기분은 어때?"

"음, 이거 취중 조사예요? 히히."

"그럴지도?"

그녀가 눈동자를 이리저리 굴려댔다.

"환상적이에요. 음악의 전당도 그렇고… 솔직히 300만 장이라니, 안 믿겨지잖아요? 우리나라의 모든 음악 방송에서 음반 판매량만으로도 압도적인 1위를 차지할 때는 정말……."

"치트키라도 쓴 기분이었겠지?"

"네, 딱 맞아요! 인터넷에선 언제나 나의 노래가 1등이고, 길거리에서 내 노래가 흘러나올 때도……."

그녀의 목소리는 울먹이는 것 같았다.

"그 기분 알지. 모두가 내 음악을 듣고 싶어 한다는 것을 알 때 그건……."

"이 세상 그 어떤 언어로도 형용할 수 없을 거예요."

쨍!

둘은 다시 한 번 잔을 부딪쳤다.

　　　　*　　　　　*　　　　　*

　GCM 작업실.

　"케이원스타 재밌게 봤습니다. 꽤나 출연자들에게 짓궂으시
던데요?"

　생방송을 사수하진 못했지만 우승철과 만나게 되어 빠르게
모니터링을 했다.

　백동일을 가지고 노는 모습이 아주 인상 깊었다.

　"원래 누군가는 악역을 연기해 줘야 하니까요."

　"방송이니까요. 이해합니다."

　"사실 재밌기도 해요. 하하하하!"

　"하하하, 그럼 절 보자고 하신 이유는 뭡니까?"

　"노래 잘 들었습니다. 우주에서 왔다."

　"그걸 갖고 싶어서 온 건 아닐 것 같네요."

　우승철은 뜨거운 커피를 꿀꺽 들이켰다.

　"하, 세상엔 음악계의 저 뒤편으로 사라져 버린 비운의 가수
가 너무 많은 것 같습니다."

　"예를 들면요?"

　현일은 흥미가 돋았다.

　"원 히트 원더."

　"알겠군요. 그 사람들을 다시 데뷔시켜 주고 싶다, 이런 말씀

인 거죠?"

"정확합니다."

"그런 거라면 좋은 생각이 있죠."

"뭡니까?"

"옛날 가수나 잊힌 가수들을 출연시키는 방송을 만드는 겁니다. 유명하긴 해도 젊은 세대는 잘 모르는 사람들까지 너나 할 것 없이요."

우승철이 시큰둥한 표정을 지었다.

"그런 게 먹힐까요? 옛 생각이 나는 기성세대는 좋아할 것 같아도 젊은 사람들은 안 볼 것 같은데요."

"분명 먹힙니다. 단순히 제가 노래만 주는 것보단 더 큰 관심을 받을 수 있을 거예요."

그런 콘셉트의 프로그램이 두 가지가 있다.

하나는 가수들을 불러서 그들의 히트 곡을 부르게 하는 것과 다른 하나는 직종에 상관없이 요상한 가면 씌워놓고 다른 사람 노래 부르게 해서 그가 누구인지 맞히는 것이다.

물론 둘 다 기획 과정에서 의도가 살짝 틀어졌긴 했어도 분명 많은 인기를 끌었다.

평균 시청률 10% 이상을 유지했다.

원래라면 약 3년 후에 나와야 할 프로그램이지만 뭐 어떤가.

중요한 건 그 둘 다 MBC 방송이란 것이다.

"할 수는 있습니까?"

"네. 제가 아는 분부터 만나러 가시죠."

일단 하나하나 차근차근 시작하기로 했다.

다음날 현일은 우승철과 함께 윤석진 이사를 만나 자신의 생각을 얘기했다.

윤석진도 바쁘신 몸이지만 언제나 현일과의 일을 우선순위로 놓고 있었기에 흔쾌히 행차해 주었다.

"기획은 굉장히 흥미롭습니다. 하지만… 프로그램을 만드는 게 저 혼자 어떻게 할 수 있는 일이 아닌지라……."

예상한 대답이다.

"그럼 한 달."

"예?"

"한 달 안에 원 히트 원더를 더 이상 '원 히트'가 아니게 만들어 보이겠습니다."

"예."

*　　　　*　　　　*

우승철은 당최 무슨 생각인지 모르겠다는 말투로 현일에게 물었다.

"정말 가능은 합니까?"

"네."

"일단 여기가 재학이의 집이긴 한데… 제가 몇 번이나 설득해 봤지만 복귀할 생각이 전혀 없는 것 같았습니다. 참 아쉬운 인재인데……."

그는 씁쓸하게 고개를 저었다.

현일은 초인종을 누르고 기다렸다.

잠시 후, 문 너머에서 누군가의 음성이 들려왔다.

"누구세요?"

"나야."

곧이어 문이 열리고 생각보다 평범한, 어디서나 마주칠 법한 그런 인상의 남자가 나타났다.

'목소리도 평범한데…….'

이 가수는 기억을 되짚어봐도 미디어 매체에서 본 적의 거의 없는 것 같았다.

두 사람은 제법 친근한 사이인 듯했다. 우승철이 인사를 건넸다.

"잘 지냈냐?"

"만날 똑같지, 뭐. 그런데 옆의 분은……?"

"작곡가 최현일이라고 합니다. GCM이라는 예명을 쓰고 있죠."

"아, GCM엔터테인먼트요?"

"네."

"만나서 반갑습니다. 일단 들어오시죠."

곧 커피 석 잔과 함께 셋은 자리에 앉았다.

현일이 먼저 입을 열었다.

"요즘 뭐 하고 지내세요?"

"그냥 놀죠. 아무것도 안 합니다."

"작별은 작별이야 저작권료가 아직 들어옵니까?"

"네, 뭐… 입에 풀칠할 정도는 들어오더군요. 생각해 보니 오히려 제가 더 신기하네요."

그리고 당시에 벌어둔 재산도 있을 테니 평생 먹고사는 데엔 문제가 없어 보였다.

'과연.'

방 안을 둘러보니 음반과 사이좋게 책장 한가득 꽂혀 있는 각종 무협, 판타지 서적이 가히 수백 권은 돼 보인다.

개중엔 현일에게도 익숙한 제목이 몇 개 보였다.

"판무 소설 좋아하시나 봐요?"

"네, 본 지 10년이 넘었죠. 군림천하(君臨天下)로 입문했으니……."

우승철도 끼어서 셋은 장르소설을 주제로 족히 두 시간 가까이 수다를 떨었다.

그러다 보니 어느새 사이는 많이 가까워져 있었다.

"그런데 다시 가수 활동할 생각은 없으십니까?"

현일의 질문에 이재학은 혀를 차고는 고개를 저었다.

"여러 번 시도해 봤죠. 근데… 그땐 제가 너무 어리석었습니다. 한창 젊어서 뭘 모를 때라……."

"자세히 얘기해 주세요."

여운을 남겼다는 것은 아직 미련이 남아 있다는 뜻이리라.

"작별은 작별이야를 내놓고 한창 활동할 당시에만 해도 전제가 갖고 싶은 차를 종류별로 다 가지고 있었어요. 제 명의의 집도 두어 채 있었죠. 하여튼 그러다 보니 제 자만심은 날로 커져가더군요."

"알 것 같습니다."

현일은 고개를 끄덕였다. 여기 있는 누구보다 젊음의 대명사이니까.

"어느 무대에서 저를 부르면 저는 항상 이렇게 대답했어요. '내가 왜?'. 그렇게 살다 보니 '어어?' 하는 새에 저를 기억해 주는 사람이 하나씩 없어지더라고요. 언젠가는 자존심 다 버리고 공연 기획자 찾아가서 부탁도 했죠. 출연하게 해달라고. 그때 딱 돌아온 답변이 아직도 눈에 선합니다. 네가 왜?"

그렇게 물었다.

그 이후로 이재학은 언론의 레이더망에서 사라진 지 한참이 지났다.

"그럼 아직 가수로서 살고 싶다는 열망은 있는 건가요?"

"한참 전에 끝났죠. 옛날엔 팬들 상대해 주는 게 그렇게 귀찮았는데 지금은 집 밖으로 나가도 알아보는 사람 하나 없고."

그가 손에 쥐고 있는 잔 속의 커피는 다 식다 못해 차가워졌다.

마치 한때 뜨겁던 열기를 계속 데우지 않아 그저 평범하게 되어버린 그의 삶을 대변해 주는 것만 같았다.

그가 그런 커피, 아니, 자신을 한 번에 들이켜고 말을 이었다.

"작곡가를 찾아가도 노래를 안 주고, 이제는 기획사 문을 두드려도 제가 누군지도 모르는 양반들이 태반이더군요."

참으로 안타까운 상황이 아닐 수 없었다.

"제가 도와드리겠습니다."

이재학이 손사래를 쳤다.

"됐습니다. 이제 와서 이 나이에 무슨……"

"재학아, 그래도 실력 있는 작곡가 모셔왔는데 한번 얘기라도 들어보라니까."

"됐다니까. 여태껏 내가 도움을 청한 작곡가들, 다 똑같았어. 그냥 컴퓨터 폴더 한구석에 처박아둔 거 하나 끄집어내서 휙 던져주기나 하고. 개 같은 놈들. 아, 물론 GCM 작곡가님을 두고 하는 말은 절대 아닙니다. 이렇게 몸소 집까지 찾아와 주신 분을……"

"괜찮아요. 신경 쓰지 마세요. 원래 다들 싫어하는 사람 한두 명쯤은 있는 거 아니겠습니까?"

"이해해 주셔서 감사합니다."

"그런데 작별은 작별이야도 자작곡이 아닙니까? 충분히 작곡할 능력이 되시는데 왜 작곡가를 찾아간 거죠?"

"슬럼프가 왔던 거죠. 그걸 극복했어야 하는데 감을 완전히 다 잃었어요."

"마음고생 많이 하셨겠습니다."

"그렇지도 않아요. 가수니까 노래만 잘하면 되죠, 뭐."

"그렇긴 하죠."

"어차피 그것도 어쩌다 운이 좋아서 잘 뽑힌 노래예요. 그 행운이 여러 번 오지 않을 걸 아니까 그냥 아예 생각을 안 했어요."

의외로 이재학은 마인드에서 털털함이 느껴졌다.

"감사하면 말이라도 들어봐야지."

우승철의 핀잔에 이재학이 혀를 찼다.

"…좋습니다. 거, 어디 한번 들어나 봅시다."

현일은 윤석진에게 한 이야기를 그대로 들려주었다.

"그런 방송을 과연 사람들이 볼까요?"

분명히 볼 것이다.

그런데 정작 당사자들은 그렇게 생각을 안 하는 모양이다.

물론 현일은 그런 그가 이해는 되었다.

사람이란 원래 해보기도 전에 실패할 걱정부터 하게 되는 법이니까.

'무작정 가능하다고 하면 역효과만 나겠지?'

일단 현일은 그를 설득할 필요성을 느꼈다.

"그러니까 보게 만들어야죠."

"어떻게요?"

"제가 당신을 더 이상 원 히트가 아니게 만들어 드리겠습니다. 작별은 작별이야를 최대한 멋지게 편곡해 드리겠습니다."

"방금 말하지 않았습니까? 그리고 편곡을 하면 뭐 합니까? 공연할 곳이 없는데."

"무대가 문제가 아니라니까. 내가 몇 번을 말해?"

"일단 직접 들어보고 결정하세요. 내일 다시 올 테니까요."

문득 현일은 눈에 들어온 테이블 위의 사진을 가리키며 물었다.

"저 사진 속의 두 분은 부모님이신가요?"

단란하게 손을 잡고 서 있는 두 사람이 담긴 빛바랜 사진.

"네, 어머니는 돌아가셨고 아버지는 어디 계신지 행방조차 모릅니다."

"유감입니다."

"괜찮습니다."

"그럼 내일 뵙죠."

"예."

이재학은 자신의 집을 나서는 현일의 등을 쳐다봤다.

왜인지 모르게 좋은 예감이 들었다.

우승철이 닫힌 현관문을 흘깃 돌아보았다.

"정말 저 녀석이 다시 무대에 올라가려고 할까요?"

"안 되면 되게 만들어야죠."

*　　　　*　　　　*

GCM 작업실.

현일은 돌아와서 작별은 작별이야를 몇 번이고 반복해서 듣고 분석했다.

이 노래는 레어 등급 중에서도 상급이었으니 이걸 에픽으로만 끌어올리면 되는 문제였다.

언제나 말이 쉽다는 게 가장 큰 문제지만 문제에 직면하면 어떻게든 뚫고 나가야 한다.

현일은 문득 이재학의 집에서 봤던 한 장의 사진을 떠올렸다.

그러자 머릿속으로 쇄도하는 영감.

현일은 고개를 끄덕였다.

'그렇게 하면 되겠군.'

현일의 손이 신들린 듯 움직이기 시작했다.

숟가락을 들었다.

'일단 밥부터 먹고.'

금강산도 식후경이다.

그것이 세상의 진리요, 자연의 섭리였다.

'오늘은 제육덮밥이네.'

흰 쌀밥 위에 가지런히 놓인 제육볶음.

도시락을 침략한 현일의 숟가락이 그 안의 내용물을 마구 휘저어 유린했다.

마침내 막 한 입을 먹었을 때, 현일의 해피 타임을 방해하는 이가 있었다.

똑똑.

"들어와."

김채린이다.

"무슨 일이야?"

"맛있는 냄새가 나서요."

"배고파?"

"흐윽! 네, 밥 차량이 사고가 나서… 아무것도 못 먹었어요."

"그럼 오는 길에 뭐라도 사먹고 오지 그랬어?"

김채린은 현일의 대꾸에도 그러거나 말거나 가까이 다가왔다.

그리고 입을 열었다.

"아앙~"

"달라고?"

끄덕끄덕.

"네 손으로 먹어."

"으으으응~!"

고개를 저으며 앙탈을 부리는 그녀.

결국 현일은 그녀의 입에 숟가락을 넣어줘야 했다.

김채린은 숟가락 위의 음식물을 단 한 조각도 남기고 싶지 않은 것인지 입술을 찰싹 붙인 채 갈고리처럼 긁어갔다.

"와, 맛있네요!"

"그렇지? 처음엔 간도 안 맞았는데 갈수록 실력이 늘더라고."

"우와, 작곡가님, 요리도 할 줄 아는 거예요? 대단하세요!"

"그렇게 얼굴에 금칠을 해줘도 나오는 거 없어. 그리고 내가 만든 거 아냐."

그러자 김채린이 미간을 좁혔다.

"뭐라구요? 그럼 누가 만들어준 거예요? 설마 여자친구?"

"그런 거 없어."

내심 안도하는 그녀였지만.

"지윤이야."

이내 두 눈에서 불꽃이 타올랐다.

"말도 안 돼요!"

"뭐가?"

"너무 맛있잖아요!"

어쩐지 종종 손가락에 밴드를 붙이고 온다 했더니 그런 이유

였나 보다.

이대로라면 한지윤에게 무조건 뒤처질 것이다.

그녀는 숟가락을 휙 가로채 갔다.

"작곡가님, 제가 먹여 드릴게요. 아~"

현일은 피식 웃었다.

"됐어. 그냥 네가 다 먹어라."

"으으으응~ 작곡가님 한 입, 나 한 입. 헤헤~"

현일은 김채린이 숟가락을 떠주는 대로 넙죽넙죽 받아먹었다.

아무래도 김채린은 앙탈을 받아주기 전에는 떨어지지 않을 것 같았다.

그녀는 자신도 요리를 배우고야 말겠다고 다짐했다.

                    *   *   *

노래와의 길고 긴 사투 끝에 작별은 작별이야를 에픽으로 끌어올린 현일은 우승철과 함께 이재학을 찾아갔다.

"음, 이게 작곡가님이 편곡하신 버전이군요."

"네, 지금은 여기까지."

"쩝."

현일은 차 안에서 우승철에게 MR을 짤막하게 들려주었다.

나중에 들어보면 안다며 재생을 멈추었다.

우승철은 감질나서 입맛을 다셨다.

"다 왔네요."

띵동.

문이 열렸다.

"빨리 오셨군요."

"오늘 오겠다고 했으니까요. 저전 절대 헛소리는 안 합니다. 노래는 다 기억하고 계시죠?"

"물론이죠. 그걸 어떻게 잊습니까? 그런데 편곡을 했으니 또 모르겠네요. 얼마나 달라졌을지."

"걱정 안 하셔도 됩니다. 그냥 평소에 부르던 그대로 똑같이 부르면 됩니다."

이재학은 현일의 USB를 건네받았고, 우승철이 미심쩍다는 표정으로 물었다.

"그것 참 이상하군요. 좀 전에 얼핏 들었을 땐 전혀 다른 노래 같았는데요?"

"들어보시면 압니다."

이재학은 노래에서 영영 손을 놓은 건 아닌 모양인지 제법 값이 나갈 것 같은 마이크 등의 음향 장비를 어디선가 꺼내왔다.

'물론 그저 취미 생활이겠지만.'

그는 USB를 컴퓨터에 꽂고 장비를 세팅하더니 마이크를 손에 들었다.

처음 반주 부분이 흘러나오자 그는 흐뭇한 미소를 지었다.

마치 타지에서 오랜 세월 살다가 향수에 젖어 있던 청년이 중년이 되어 고향에 돌아왔을 때의 그것과 비슷했다.

그러나 몇 초가 지나자 이재학은 자신이 알고 있던 것과 많이 다르다는 듯이 고개를 갸웃거렸다.

"노래가 생각보다 많이 달라졌는데요."

"다른 게 없으면 그건 편곡이 아니죠. 걱정 마시고 원래 부르던 대로만 불러주세요."

이윽고 1절이 시작되었다.

그는 의심 반 기대 반으로 마이크를 쥔 손을 입 가까이 가져갔다.

그리고 노래가 끝났을 때는……

"아아아!"

이재학이 탄식을 내뱉었다.

그의 눈에서 한줄기의 물방울이 흘렀고, 우승철은 믿을 수 없다는 표정을 짓고 있었다.

"이, 이럴 수가……!"

현일이 빙긋 미소를 지으며 물었다.

"어떤가요?"

"이건… 마치… 저의 고향, 오래도록 만나지 못한 부모님, 형제와 재회했을 때의 그 기분 같습니다."

오래도록 인연을 접어야 했던 노래와의 재회.

그것은 그토록 그리워하던 그의 감성을 자극했다.

이 세상 무엇과도 바꾸지 못할 행복이다.

"마음에 드셔서 다행입니다."

"네, 그 기분을 지금 여기서 느낄 수 있다니 정말 꿈만 같습니다. 정말 고맙습니다. 고맙습니다!"

그는 현일의 손을 붙잡고 연신 고개를 숙여댔다.

"마이크를 놓지 않으시면 언제든지 몇 번이고 다시 느낄 수 있습니다."

"재학아, 이건 무조건 성공한다! 내가 보장한다!"

"흑!"

현일은 USB를 그의 면전에서 흔들었다.

"어쩌실래요? 마음만 먹으면 이 노래는 당신 거예요."

원래부터 이재학의 노래였지만, 어쨌든 그 한마디는 그의 마음을 흔들어놓기에 충분했다.

"할게요. 하겠습니다!"

"그럼 결정된 겁니다?"

그의 탄탄대로가.

＊　　　　　＊　　　　　＊

MBC 방송국.

"그럼 이제 재학이 녀석을 어떻게 방송이나 무대에 출연시키느냐 하는 문제만 남아 있네요."

우승철은 여전히 갑갑해 보였다.

현일은 뭐가 걱정이냐는 듯 말했다.

"요즘 예능 출연하시는 거 몇 개 있잖아요."

"예."

"그런 데서 노래 불러보라고 하지 않아요?"

"가수한테는 다 하죠."

"그럼 거기서 작별은 작별이야를 우승철 씨가 한 1절 정도 부르시고 하이라이트 파트가 나올 즈음에 '소개합니다! 원 가수 이.재.학!' 이렇게 자연스럽게 출연시키면 되죠. 그리고 나머지 출연자들이 '우오오~' 하면서 분위기 띄워주고, 방송 편집할 땐 각종 특수 효과도 좀 넣어주고 하면 물 따라, 흐름 따라 자연스럽게 재데뷔 각이 잡힐 겁니다."

그러자 우승철이 눈썹을 찡긋했다.

"좋은 생각이긴 합니다만 될지 안 될지는…… 일단 PD한테 문의는 해보겠습니다."

"그런 걱정은 안 하셔도 됩니다."

마침내 기다리던 윤석진이 나타났다.

"제가 좀 늦었죠? 갑자기 가족이 보고 싶어져서… 죄송하게 됐습니다."

현일은 슬며시 입꼬리를 올렸다.

그리고 윤석진을 보며 말했다.

"괜찮습니다. 아, 그리고 우승철 씨에서 이재학 씨로 넘어갈 때는 원곡에서 제가 편곡한 버전으로 넘어가는 게 중요해요. 그게 제일 임팩트가 있거든요."

"오~ 과연 일리가 있네요. 제가 보기에 작곡가님은 아예 방송 프로듀서로 전환하셔도 될 것 같습니다. 하하하하!"

우승철이 조심스럽게 입을 열었다.

"윤 이사님도 들어보신 겁니까?"

"당연하죠. 누가 만든 노랜데요? 무슨 노래든지 만들어서 가져만 오시면 아주 팍팍 지원해 드려야죠."

"그럼……?"

"예. 작곡가님이 말씀하신 대로 장면을 기획해 보라고 프로듀서한테 전하겠습니다."

"감사합니다! 감사합니다!"

윤석진과 현일에게 고개를 숙이며 연신 감사를 표하는 우승철이다.

방송에서는 언제나 카리스마와 재치를 겸비한 대가수로 나오지만, 실제로는 친구를 지극히 아끼는 사람이기도 했다.

윤석진이 손을 저었다.

"그러실 거 없습니다. 어차피 우리도 시청률만 보장되면 장땡이거든요. 하하하!"

왠지 시청률이 낮으면 두고 보자는 말처럼 들렸지만, 우승철은 내색하지 않기로 했다.

하지만 그건 걱정할 필요가 없다고 생각했다.

이재학에게 '무조건 성공한다'고 단언한 건 바로 자신이 아닌가.

그리고 그건 조만간 사실로 드러날 터였다.

                    *   *   *

조 PD의 브리핑 룸.

촬영 전, 마지막으로 각본을 점검하고 있는 조 PD에게 조연출이 들이닥쳤다.

"조 PD님."

"또 뭐야? 각본 짜고 있을 땐 멋대로 들어오지 말라고 했잖아."

조연출이 조 PD에게 종이를 건넸다.

"뭔데, 이건?"

"여기 윤 이사님께서 직접 짜온 각본입니다."

"그래?"

"예."

조 PD는 각본을 찬찬히 읽어보고는 이윽고 침음을 흘렸다.

"음……."

"왜 그러시죠?"

"과연 이런 게 진짜 먹힐까? 노래가 좋기는 한데 구닥다리에 다가 이 사람이 누군지도 모르는 사람이 태반일 텐데. 넌 알아?"

"아뇨. 어쨌든 저도 읽어봤는데 이 프로가 기성세대를 겨냥한 건 아닌지라……. 그래도 위에서 하라는데 안 할 수도 없는 노릇이고요."

"그건 그렇지."

조 PD는 혀를 찼다.

조연출의 말대로 어차피 안 할 수가 없는 거라면 이제는 어떻게 연출을 해야 하느냐가 중요했다.

그래도 다행인 점은 윤석진이 제법 각본을 잘 짜놓았다는 것이다.

이재학이 나오는 타이밍, 연출, 촬영 분 편집 등의 세세한 부분까지 자세하게 지시해 놓았다.

보는 이로 하여금 충분히 고개를 끄덕이게 만들 수 있을 정도로 말이다.

"어쩌실 겁니까?"

"먼저 촬영을 해보고 적당히 편집해야지. 괜찮다 싶으면 꾸미고, 아니다 싶으면 자르고."

"너무 자르면 윤 이사님께 한소리 듣겠죠?"

"일단 각본일 뿐이고, 반드시 내보내라고는 안 적혀 있으니까 잘라내는 건 내 재량이야. 물론 너무 많이 자르면 안 되겠지."

어느덧 촬영 시간이 다가왔다.

촬영장으로 제작진과 출연자들이 하나둘씩 모여들기 시작했다.

촬영 시작 후 두 시간이 지났다.

어둑해진 저녁, 출연자들이 원형으로 둘러앉고 중앙에 놓인 장작에 불을 지폈다.

마침내 이재학의 시간이 다가온 것이다.

"자~ 이렇게 되면 또 승철이 형의 노래를 안 들을 수가 없죠?"

"어휴, 뭘 또 그런 걸 시키고 그래? TV에서 보면 되지."

"에이, 여기서 노래 제일 잘하는 사람이 형인데요. 한번 보여 주셔야죠."

"훠우우~"

"우승철~ 우승철~ 우승철~"

짜인 각본대로 한 명이 흐름을 만들었고, 다른 출연자들이 분위기를 이어나갔다.

"크흠! 그러면 딱 1절만 부르겠습니다."

"에이~"

"1절만 부를 거야!"

먼저 우승철이 작별은 작별이야 원곡을 부르기 시작했다.

조연출이 우승철 앞에 앉아서 기계적으로 박수를 치며 앉아 있는 그룹 아이돌을 가리키며 말했다.

"흠, 노래가 그저 그런데요. 아무래도 자르게 될 것 같아요. 보세요. 저 애들, 하품하고 있잖아요."

"난 그런대로 괜찮은데. 역시 젊은 사람들 귀에는 별로인가 봐?"

"네. 인기 많았어요?"

"장난 아니었지. 당시엔 모르면 간첩이었을 정도니까."

"근데 왜 소리 소문 없이 사라졌답니까?"

"낸들 알겠냐? 그래도 적당히 편집해야겠네. 어쨌든 곧 이재학 씨 나올 차례니까 준비하라 그래."

"예."

"편곡된 노래도 장전하고."

"예."

"나 참, 왜 쓸데없이 이제 와서 편곡까지 하고 방송에 나오겠다는 건지……."

쫄래쫄래 뛰어가 이재학에게 말을 건네는 조연출을 보며 조 PD가 중얼거렸다.

사전에 이재학이 출연하게 됐다는 걸 알고 있던 스태프를 제외하면 단 한 명도 그를 알아보는 사람이 없을 정도였다.

그러니 조 PD로서도 달가울 리 없었다.

그도 그럴 것이, 한때 이재학의 노래를 좋아하던 사람으로서 그냥 영영 떠났으면 좋았을 것을 기억하는 사람도 없는 지금에 와서 주책을 부리고 있는 것 같았으니까.

그러나 조 PD는 곧 생각을 바꿔야 했다.

이윽고 우승철이 우렁차게 외쳤다.

"소개합니다! 이재학입니다!"

"우와아아아아아!"

짝짝짝짝!

출연진 모두 이재학이 나타나자 격렬한 환호와 박수로 맞이해 주었다.

그가 카메라에 얼굴을 비춤과 동시에 작별은 작별이야가 편곡 버전으로 물 흐르듯 자연스럽게 이어졌고, 그는 이제껏 감춰 온 모든 열정을 내뿜었다.

그의 목소리로부터 울리는 푸른색의 파장은 언뜻 중앙의 캠프파이어조차 요동치게 만드는 듯했다.

파장을 향해 손길을 내미는 불꽃이 '작별은 작별이야'라는 이름의 연료를 받아 더욱 맹렬하게 타올랐다.

[가수 이재학의 인기가 2,200% 상승할 것입니다.]

[이재학의 분량이 잘릴 확률은 2.3%입니다.]

만약 현일이 이 자리에 있었다면 위와 같은 메시지를 볼 수 있었을 것이다.

물론 지금은 인기가 거의 없다시피 하다고 해도 무려 22배의 인기 상승이다.

거기다 통편집될 확률은 없다고 봐도 좋았다.

그야 제작진과 출연진이 그가 노래를 시작하자 모두 벌린 입을 다물지 못하고 있었으니까.

그들은 숨죽이고 이재학의 노래를 감상했다.

아까 전의 환호는 그저 각본이었으나 지금은 진심에서 우러나왔다.

아니, 그냥 몸이 저절로 움직였다.

목은 저절로 감탄사를 연발했으며, 두 손은 저절로 마주쳤다.

조연출도 마찬가지였다.

"모르면 간첩일 만하네요. 아니, 간첩도 알 겁니다."

조 PD는 고개를 끄덕였다.

"편집팀에 단 1초도 자르지 말라고 전해야겠어."

*   *   *

[가수 이재학, 강렬한 『컴백』, 근 20년 만의 반등.]

―1991년, '작별은 작별이야'로 대히트를 친 가수 이재학.

그가 친우인 우승철이 출연하는 예능 프로그램에서 화려한 데뷔를 알렸다.

새로이 편곡된 '작별은 작별이야'를 통해 20년 만에 얼굴을 비춘 이재학은 전혀 녹슬지 않은 가창력으로 감탄을 자아냈다.

그의 출연에 대해 신인 아이돌 그룹 EXOTIC의 멤버인 열찬은 '솔직히 처음엔 저의 대선배라는 말을 들었을 때도 누구신지 긴가민가했는데 딱 노래를 부르는 모습을 보고 깨달았어요. 아, 나는 감히 쳐다볼 수도 없는 대가수구나 하고요' 하는 반응을 보였다.

GCM 작업실.

"감사합니다! 감사합니다!"

이재학은 현일에게 감사를 표하며 다시 한줄기 눈물을 흘렸다.

하지만 그가 현일을 찾아온 이유는 그저 감사를 전하기 위함만은 아니었다.

"솔직히 말씀드리자면 로이엔터테인먼트와의 계약을 고민하고 있습니다. 도의대로 하자면 GCM과 하는 것이 맞는데… 뭐라 드릴 말씀이 없네요. 죄송합니다."

"그렇게 하세요."

로이엔터테인먼트는 2003년에 우승철이 설립한 회사이다.

회사 소속 가수도 우승철 한 명밖에 없는 1인 매니지먼트였다.

현재는 우승철의 아내가 경영하고 있는데, 이제 소속 가수가 한 명 더 늘어날 참이다.

그가 의문을 표했다.

"예?"

"괘념치 마세요. 도의대로 로이엔터랑 계약하는 게 맞는 거죠."

"……?"

"이재학 씨를 다시 가수로 만들어준 건 누구보다 우승철 씨의 역할이 가장 컸다고 생각합니다. 전 거기에 숟가락을 얹은 것밖에 없죠."

그가 손사래를 쳤다.

"숟가락이라뇨. 전 일생토록 그렇게 대단한 편곡은 단 한 번도 들어본 적이 없습니다."

"그만큼 원곡이 좋았기에 가능했습니다. 정 그러시다면… 다른 아는 가수들 있으시죠? 본인 같은 원 히트 원더면 더 좋고요."

"예, 몇 명 있죠."

"그 사람들에게도 물어봐 주세요. 화려한 컴백을 꿈꾸고 있는지. 아, 그리고."

"네."

"작별은 작별이야 계약은 다 끝났죠?"

"네, 한참 됐죠. 20년이나 지났고, 소속된 기획사도 없는데요."

"그럼 원곡도 우리 회사에서 유통하고 싶습니다. MP3 음원부터 실물 음반까지 전부 다요."

현일도 무언가 얻어가는 건 있어야 할 게 아닌가.

그는 흔쾌히 고개를 끄덕였다.

"알겠습니다. 지금 계약서 주시면 바로 사인하겠습니다."

작별은 작별이야는 편곡 버전과 함께 원곡까지 미친 듯이 팔려 나갈 것 같았다.

저작권료 하나로 빌딩을 세울 수 있을 정도로.

물론 지역에 따라 빌딩의 크기는 달라지겠지만 말이다.

"새로 찍을 음반에는 원곡과 편곡 버전이 함께 들어갈 겁니다."

현일은 그에게 계약서와 볼펜을 건네주며 말을 이었다.

"음반의 계약 형태는 판매 부수로 하시겠습니까, 아니면 보장 부수?"

판매 부수는 음반이 팔리는 만큼 가수에게 돈을 지불하는 것이고, 보장 부수는 미리 찍어낸 양만큼 그에 해당하는 돈을 가수에게 지불하는 형태이다.

물론 가수 입장에서는 전자가 후자보다 정산 비율이 높지만 리스크가 크다.

하기야 세상만사가 다 하이 리스크 하이 리턴, 로우 리스크 로우 리턴 아니겠는가.

"보장 부수로 하겠습니다."

그는 자신이 없는지 보장 부수로 하겠다고 대답했다. 아무래도 워낙 옛날 노래니까.

그러나 이어지는 현일의 말은 그를 놀라게 하기에 충분했다.

"그럼 8억을 우선 지급해 드리겠습니다."

"…예?

"초판을 30만 장 찍을 거거든요. 아무래도 상당히 많이 팔릴 것 같아서요. 그래도 보장 부수로 하시겠어요?"

"예! 나머지 이익은 모두 GCM이 가져도 좋습니다. 저는 그저… 정말로… 정말로 감사할 뿐입니다."

"좋습니다."

          *   *   *

MBC 방송국.

"이것 참… 한 달 안이라더니 일주일도 안 걸렸습니다."

윤석진은 절레절레 고개를 저었다. 그러면서도 혀를 내둘렀다.

"그럼 이로써 일전에 말씀드린 프로그램의 가능성은 충분히 증명되었습니까?"

"예. 당장에라도 부하 직원들에게 머리를 짜보라고 지시를 내려야겠습니다."

그 뒤로는 일사천리였다.

MBC는 '나도 가수다'라는 가제로 프로그램 기획을 시작했고다.

우승철과 이재학을 필두로 노래는 좋으나 세간에 잘 알려지

지 않은 가수들, 기성세대는 알지만 젊은 세대는 잘 모르는 가
수들, 그리고 원 히트 원더들을 끌어 모으기로 했다.

그들 중에는 현일에게 작곡이나 편곡을 의뢰하는 사람들도
많을 것이다.

물론 모두 다 해주기는 힘들기에 현일은 그들의 기획사를 찾
아가서 한 가지 조건을 걸 참이다.

윤석진이 호기심 가득한 표정으로 물었다.

"그 조건이란 게 뭡니까?"

"우리 GCM에서 나중에 음원 유통 플랫폼을 만들 생각입니
다."

"……!"

"그래서 나중에 플랫폼이 완성되면 우리 사이트에 음원을 제
공해 달라고 할 겁니다."

"그거야… 그쪽 기획사 입장에서는 수입 구조가 하나 더 늘
어나는 거니 거절할 이유도 없겠지만, 플랫폼을 새로 만든다는
건 그리 쉬운 일이 아닐 텐데요?"

"그렇겠죠."

"일단 자본금은 둘째 치고서라도 이미 플랫폼을 가지고 있는
다른 회사에서 견제가 들어올 겁니다."

"그것도 각오하고 있습니다."

"그리고 만약 메이저 기획사에서 다른 회사에 GCM 쪽 사이
트에 유통하지 말라고 압력이 들어올 수도 있고요."

"네."

"감당하실 수 있겠습니까?"

"감당 정도가 아니죠. 언젠가는 우리 플랫폼에 유통하게 해 달라고 제 발로 찾아와서 빌게 될 테니까요."

『작곡가 최현일』 4권에 계속…

Book Publishing CHUNGEORAM

유행이 아닌 자유추구 -
WWW.chungeoram.com

GAME BALL

게임볼 설경구 장편 소설
FUSION FANTASTIC STORY

무명의 야구인이었던 남자,
우진이 펼치는 야구 감독으로서의 화려한 일대기!

『게임볼』

"이 멤버로 우승을 시키라고?"

가상 야구 게임,
게임볼을 통해 인생 역전을 꿈꾸는

한 남자의 뜨거운 행보에 주목하라!

Book Publishing CHUNGEORAM

유행이 아닌 자유추구 -
WWW.chungeoram.com

박선우 장편소설

FUSION FANTASTIC STORY

무림을 휩쓸던 '야차(夜叉)'가 돌아왔다.

『투신 강태산』

여행사 다니는 따뜻한 하숙생 오빠이자
국가위기 특수대응팀 '청룡'의 수장.
그리고 종합격투기계를 휩쓸어 버린 절대강자.
전 세계를 무대로 펼쳐지는 투신 강태산의 현대 종횡기!!

"나는, 나와 대한민국의 적을, 철저하게 부숴 버릴 것이다."

서러웠던 대한민국은 잊어라!
국민을 사랑하는 대통령과 절대강자 투신이 만들어 나가는
새로운 대한민국이 펼쳐진다!!

Book Publishing CHUNGEORAM

유행이 아닌 자유추구 -
WWW. chungeoram.com

FUSION
FANTASTIC
STORY

Miracle Direction

서산화 장편소설

기적의 연출

천재 영화감독, 스크린 속 세상을 창조하다!

『기적의 연출』

대문호 신명일과 미모로 손꼽히던 여배우 김희수의 아들 신지호.
일가족은 불운한 사고로 인해 크나큰 비극을 겪는다.
이 사고로 섬광 기억(Flashbulb memory)이라는 능력을 얻게 된 그 순간!
그의 모든 게 달라졌다.

"배우의 혼을 이끌어내고, 관중의 영혼을 붙잡아야 합니다.
그게 제 목표입니다."

완전한 감독을 꿈꾸는 신지호.
이제 그의 영화가, 세상을 홀린다!

Book Publishing CHUNGEORAM

유행이 아닌 자유추구 -
WWW.chungeoram.com